DIÁRIO DE UM MÉDICO LOUCO

Coleção Gente Pobre:

1. INVENÇÃO DE ONIRA
   Sant'Ana Pereira

2. A MULHER, O HOMEM E O CÃO
   Nicodemos Sena

3. DEUS DE CAIM
   Ricardo Guilherme Dicke

4. O SAL DA TERRA
   Caio Porfírio Carneiro

5. GENTE POBRE
   Fiodor Dostoievski

6. A MALDIÇÃO DE ONDINA
   António Cabrita

7. SELVA TRÁGICA
   Hernâni Donato

8. DIÁRIO DE UM MÉDICO LOUCO
   Edson Amâncio

Próximos lançamentos:

OS DE BAIXO
Mariano Azuela

SOMBRAS SOBRE A TERRA
Francisco "Paco" Espinola

OS VIRA-LATAS DA MADRUGADA
Adelto Gonçalves

A ESPERA DO NUNCA MAIS
Nicodemos Sena

CAVALOS SELVAGENS
Silas Corrêa Leite

O PÁSSARO DA ESCURIDÃO
Eugênia Sereno

DIÁRIO DE UM MÉDICO LOUCO

Edson Amâncio

LetraSelvagem

Grafia atualizada segundo o Acordo Ortográfico da Língua Portuguesa de 1990, que entrou em vigor no Brasil em 2009.

Coordenação editorial: Nicodemos Sena
Editora executiva: Marli Perim
Designer editorial (miolo): Cesar Neves Filho
Capa: James Cabral Valdana
Ilustração da capa: Gravura de Valdir Rocha (álbum Sós)
Preparação de texto: Nicodemos Sena
Revisão: Marli Perim e Juliana Perim

O logotipo LetraSelvagem *foi idealizado a partir de cerâmica Aruak, padrões utilizados nas bordas dos vasos, compilados por Koch-Grünberg em 1910.*

Dados Internacionais de Catalogação na Publicação (CIP)
Angélica Ilacqua, CRB-8/7057

A351e
Amâncio, Edson, 1948 -
Diário de um médico louco / Edson Amâncio. -
2ª ed. - Taubaté, SP: Letra Selvagem, 2025.
152 p.
ISBN 978-65-89841-40-1

1. Literatura Brasileira - Romance
I. Título. CDD —B869.3

LETRA SELVAGEM
Rua Cônego Almeida, 113 - Centro - Taubaté-SP/Brasil. CEP 12080-260
Tel. +55(12)99203-3836
www.letraselvagem.com.br
www.livrariaselvagem.com.br
edirtoraelivrarialetraselvagem@gmail.com

Não desejaria a ninguém que fosse eu.
Só eu sou capaz de me suportar.
Saber tanto, ter visto tanto, e
não dizer nada, ou quase nada.

ROBERT WALSER

DIÁRIO DE UM MÉDICO LOUCO

Há várias hipóteses para explicar o súbito desaparecimento do meu amigo, o Dr. B*. Para uns, ele suicidou-se. Hipótese, a meu ver, sem nenhum fundamento, embora ele tivesse acenado com essa possibilidade em conversas e anotações. Apesar do evidente descontrole, não posso crer que cometeria esse gesto tresloucado. Para outros, ele desapareceu durante uma viagem ao Pantanal. Urbano até a raiz do cabelo, teria se aventurado numa viagem inconsequente, à procura de novidades e caído na boca de um crocodilo, provavelmente durante um porre homérico, desses a que acabei por me habituar nos últimos meses da sua conturbada convivência em nosso meio.

No entanto, a hipótese mais fascinante, com a qual eu próprio gostaria de compartilhar, é a de que está vivo, com muita saúde, morando em Caracas, longe dos credores, da família, dos amigos e dos inimigos.

É possível que tudo não passe de especulação e que, decorridos alguns anos, ele possa surgir como uma fênix dentro da sala, como se tivesse se ausentado por apenas um fim de semana, para algum congresso de Gastroenterologia.

Pelo menos até o momento em que estas justificativas são alinhavadas, isso ainda não aconteceu.

Passaram-se dois anos desde que o ouvi dizer "em breve você terá notícias minhas". Naquele momento, não procurei saber se havia alguma mensagem cifrada nas suas palavras. B* andava estranho e arredio, mas não perdera o senso de humor. Hoje, revendo alguns episódios, é que me permito entender que o pobre B* tentava, de alguma maneira, comunicar-me seu estado de ânimo.

Algum tempo depois do seu desaparecimento, os familiares arrombaram o cadeado de um velho baú onde ele acumulava quinquilharias e encontraram o diário que se lerá a seguir. Dobrado cuidadosamente em quatro, havia, entre a capa do caderno e a primeira página, um bilhete endereçado a mim.

"Embora você não seja, nem de longe, o escritor a quem mais aprecio, ainda assim devo confiar-lhe meu diário. Considere-se responsável por sua publicação. É tudo que lhe peço."

Segue-se uma série de considerações sobre sua decepção com a Medicina, algumas fórmulas desarrazoadas para tratar úlcera péptica, sua discordância com a existência de uma bactéria causadora dessa doença, atribuindo tudo à criação da indústria farmacêutica que "inventou" a tal bactéria, com a finalidade espúria de vender um determinado tipo de antibiótico. Esse assunto é interrompido abruptamente por uma série de algarismos, algumas contas, juros bancários, o desenho de um demônio, onde ele puxou uma seta e escreveu: "Banqueiros do mundo inteiro: uni-vos!"

No final, uma advertência.

"Estarei no céu ou mais provavelmente no inferno, a contemplar a publicação do meu diário. Não me provoque frustração que hei de amargar além-túmulo."

Li e reli inúmeras vezes esse diário tentando encontrar um fio condutor que me levasse à sua compreensão e do destino misterioso do meu amigo. Tudo em vão.

Afora algumas frases incompreensíveis, transcrevi-o cuidadosamente, sem alterar uma vírgula sequer. Como não encontrasse editor disposto a publicar tal disparate, mostrei-o a um jornalista que se interessou em publicá-lo aos pedaços, num caderno de variedades, editado semanalmente.

Dei-me por satisfeito e, dessa forma, penso ter cumprido o último desejo do meu pobre e estranho amigo e colega B*. ....

....

1

"Que me seja permitido dizer estas palavras, antes de iniciar o diário propriamente dito. Elas farão com que o meu fardo seja mais leve. Vão me dar algum alento e certamente um pouco de paz, mas, sobretudo, coragem e algum calor ao meu coração. Escrevo agora, num momento de absoluta lucidez e tranquilidade. Não sei por quanto tempo ainda poderei desfrutar desta exceção. Meus últimos dias têm sido simplesmente infernais. Minha mente é varrida constantemente por uma tempestade de ideias desencontradas. Tenho visto, ouvido ou imaginado coisas indescritíveis. Às vezes não estou certo de ser eu mesmo a pessoa que viveu as experiências que pretendo relatar. Muitas vezes falo e me reconheço; em outras, não estou absolutamente convencido disso. A tal ponto esse universo de emoções variadas se digladiam dentro de mim, que me permito, ainda agora, questionar: quem de nós, afinal, deixa aos leitores estas palavras iniciais?

2

Poucos se atreveriam a abrir o próprio peito e mostrar as entranhas como me obrigarei a fazer daqui por diante. Mesmo aqueles momentos nos quais me expus à execração e ao desprezo, serão descritos sem omissão e jamais usarei artifícios com palavras para diluir o insuportável. Quando a insensatez dominar a minha mente e produzir atitudes desastrosas, mesmo assim não serei omisso em descrever tais inconsequências. Faço isso, não na esperança de ser compreendido ou perdoado. Ninguém com um pingo de serenidade deveria esperar compreensão, depois de tudo. Não espero, pois, compreensão alguma e, muito menos, piedade de quem quer que seja.

Quando estas páginas caírem no domínio público, já não estarei no mundo dos vivos. O perdão, portanto, de nada me servirá. E seria ingênuo presumir que serei perdoado por estar morto, como, aliás, é praxe em nosso meio.

Ponderei com honestidade todas as questões que se apresentaram ao meu espírito ao longo dos últimos anos. Reagi muitas vezes no calor da emoção. Outras vezes racionalizei a estranheza, quando tive condições para isso. Se, ao fim de tudo, tomei ou não a decisão anunciada a respeito da minha própria vida, isso é assunto que não pretendo antecipar-lhes. O gentil leitor haverá de entender que o melhor de uma história se encontra no final. Não há, portanto, razão alguma para antecipações — mesmo se isso fosse possível. Antes de terminar, um pouco da minha estória.

3

Saibam todos que descendo de uma raça praticamente extinta. Meus antepassados, até onde o meu conhecimento pode alcançar, eram pessoas muito impressionáveis e crédulas. Muitos deles foram facilmente tomados por delírios místicos. Segundo soube, entre os de minha ascendência, houve um que se tornou profeta por autodesignação. No entanto, apenas dois primos se tornaram célebres, cada um à sua maneira. Um, por ter sido um exímio domador de leões. Sua celebridade, todavia, não se deveu unicamente à bravura ou habilidade excepcional no trato com as feras no picadeiro, mas por ter tido, ironicamente, um fim melancólico. Morreu em consequência da mordida de um velho leão que lhe arrancou a jugular durante um espetáculo num decadente circo paraguaio. O outro, por ter assassinado o próprio pai e, por isso, foi condenado a 25 anos de prisão.

Quanto a mim, já na minha infância fui tomado por estranhos pressentimentos e muitas vezes chamado de habitante "do mundo da lua". De tal forma era envolvido por êxtases e arrebatamento da alma que me perguntava se não estaria vivendo um sonho. Que tipo de sortilégio me dominava o espírito ainda na minha mais tenra infância! Meus pais, cujo equilíbrio mental está exageradamente distante de exemplar, levaram-me aos curandeiros da vizinhança e um deles me fez passar a mais terrível experiência que uma criança é capaz de suportar. Colocaram-me nu, sentado no chão coberto de folhas de bananeira de uma cabana e despejaram sobre a minha cabeça o sangue ainda quente de uma galinha esgorjada. Senti o sangue escorrer na minha face e no meu pescoço, enquanto uma negra se contorcia diante de mim, emitindo gritos lancinantes ou falando uma língua absolutamente incompreensível aos meus ouvidos. Nunca mais pude esquecer essa experiência e, durante três meses, delirei como um alucinado, enquanto, à minha volta, velas eram acendidas e orações e cânticos proferidos. Ainda hoje posso distinguir todos os detalhes desse triste episódio. Com o passar do tempo, ao contrário do que previam médicos e curandeiros, esses sinais premonitórios, essas esquisitices não me abandonaram, fizeram-se cada vez mais presentes. Muito cedo, já na minha juventude, aprendi que faria melhor se omitisse da minha família tudo o que se passava comigo. Foi um recurso deliberadamente escolhido; pelo menos me livrava de exorcismo e crendices a que meus pais me submetiam de tempos em tempos. Deve ter sido por isso que me tornei uma criatura arredia, isolada, macambúzia e de poucos amigos. Ainda na adolescência usei como recurso estratégico ser voluntarioso e muito cedo já era dono do meu próprio nariz. Fui tido e havido como pessoa estranha, avesso ao convívio social e aos assim chamados bons costumes. Embora isolado e desacreditado, tinha os meus planos e tratei de estudar com afinco para concretizá-los. Contrariando a todos que vislumbravam o meu futuro escalavrando as mãos no trabalho braçal, tomei o caminho dos livros com tal determinação que ninguém se atrevia a bloquear o meu caminho. E foi assim também que me dediquei ao curso de Medicina. Acreditava que uma vez metido da cabeça aos pés nessa ciência, eu poderia pôr um fim aos meus demônios, às minhas ideias extravagantes e às minhas alucinações. Interessei-me, portanto, pelos mistérios da vida e, antes disso, pelos da morte. Dediquei-me com afinco ao estudo da anatomia. Cumpria minhas tarefas do curso, mas sempre fui muito além das minhas obrigações quotidianas. E, muitas vezes, permaneci até altas horas da noite escarafunchando nervos e artérias com uma curiosidade e interesse que ultrapassavam de muito a média dos meus colegas. Depois tinha delírios noturnos. Durante noites intermináveis mantive diálogos imaginários com o cadáver que me servia de mestre. Muitas vezes fui despertado no meio da noite por ele a me agarrar o pé, ou a fazer saltar o meu cobertor, questionando minha atitude ao ter-lhe esfacelado a traqueia, ou cortado de maneira atabalhoada um nervo da virilha.

Para coroar minhas pesquisas e estimular ainda mais minha curiosidade, tive um professor de anatomia verdadeiramente único e — hoje o afirmo com segurança — desprovido de qualquer traço de sanidade. Num determinado momento do curso apregoou que o aluno que melhor se distinguisse na sua matéria teria um cadáver fresco para retalhar. Prêmio que muitos entre nós recusaríamos de bom grado. Alegava que a tal aluno estaria destinada a carreira de cirurgia. Que ninguém esperasse um dia ser capaz de operar alguém, sem antes aprender a lidar com um morto recente, em tudo diferente dos corpos há longos meses conservados em formol. Não demorou muito para que eu tivesse a minha primeira e definitiva experiência. E, estou certo disso, devo a ela o fato de jamais ter me enveredado pelos caminhos incertos da cirurgia. Ao contrário do que alegava o desditoso professor, fiquei distante de qualquer atividade cirúrgica daí em diante, e foi com grande sacrifício que cumpri as matérias do curso que me obrigavam a participar de atos operatórios. Mas eis a primeira noite, o primeiro momento em que o meu cérebro ainda jovem e cheio de curiosidade e devoção teve o impacto de uma experiência que marcaria toda a minha vida!

Foi-me designado um cadáver obeso, deitado sobre a laje de cimento, ainda vestido como saíra da enfermaria. Apalpei o seu braço roliço e ainda estava quente. Por mais estranho que possa parecer, tinha o aspecto de um gordo saudável. Ou seja: não parecia doente e muito menos morto! Certamente tivera morte súbita e, como em todos os demais casos, jamais sabíamos a *causa mortis* de quem quer que fosse. Aquilo era propositado. Não devíamos nos envolver com a estória de cada *cliente*. O cadáver era o *mestre desconhecido* a quem devíamos tributos eternos, não havia, portanto, razão alguma para envolvimentos com estória pessoal, ou qualquer outro dado revelador de uma antiga identidade. Devíamos vê-lo como o nosso instrumento de trabalho; guardadas as devidas proporções, mal comparando, era como um entalhador de madeira ao contemplar a porta de um guarda roupa onde devesse deixar as marcas da sua carpintaria. Éramos preparados para isso, assim deveria ser. De tal forma, que pouco me importei ao ver o cadáver vestido, abandonado, por assim dizer, solenemente sobre a mesa, na imensa sala de dissecação. A roupa e o fato de ter morrido há pouco tempo eram os aditivos inabituais, mas isso pouca importância tinha. O que importava era a experiência nova.

Com muita dificuldade consegui despir-lhe a roupa. Tive de passar o seu braço em volta do meu pescoço para virá-lo com muito esforço na laje. Isso, obviamente, repugnou-me; felizmente não exalava cheiro de formol. Depois de despi-lo, coloquei as luvas, virei-lhe ligeiramente a cabeça para o outro lado e me preparei para iniciar o trabalho. Retirei com a pinça um pelo úmido atravessado sobre a linha da incisão e enfiei o bisturi na sua garganta, dando início à dissecação. Assim que o bisturi mergulhou na carne macia, o homem emitiu um grito tão pavoroso que ainda hoje posso ouvi-lo nas minhas noites de atormentado sono.

Tudo aconteceu tão de repente e de maneira tão inesperada que não posso imaginar como fui capaz de permanecer tanto tempo parado ali. Estava literalmente paralisado. Não tive, não poderia ter tido reação alguma, exceto um grito que eu também emiti como se fizesse eco ao protesto doloroso do meu primeiro paciente. Creio que nossas vozes se confundiram e ecoaram em uníssono naquela sala vazia como um ruído saído do fundo de um inferno de almas penadas, sobrenatural, inacreditável, mas absolutamente real. Parecia que meus pés estavam fincados no chão por botas de cimento. E só por essa razão não saí em disparada. É claro que o pobre homem fora levado ali sem estar ainda definitivamente morto. É claro que eu havia cometido um bárbaro assassinato. Tudo isso me ocorreu à mente conturbada numa fração de segundo. Eu só antevia desgraças para o meu futuro. A minha carreira estava encerrada antes mesmo de começar. E, o pior, eu me tornara um assassino frio, numa sala de dissecação, sem ter ao menos um colega por testemunha, com quem eu pudesse dividir essa infelicidade. Essa ideia da ausência de testemunhas percorreu-me o cérebro como um relâmpago. Nem tudo estava perdido! Eu poderia manter-me em silêncio! Essa foi a ideia que se repetia na minha mente, batendo como um martelo. Esses pensamentos fizeram-me recobrar a lucidez e, em poucos segundos, já estava parcialmente refeito. Ora, pensei, eu não podia abrir um buraco na garganta do cadáver, ver o sangue escorrer na laje e simplesmente ir embora. Obviamente eu teria que dar explicações no dia seguinte. Ai de mim! Ato contínuo: meio alucinado, tratei de colocar em prática os pensamentos que me ocorriam céleres. O primeiro deles era saber se o homem estava afinal de contas morto, ou ainda não. Examinei suas pupilas. Estavam baças, sem nenhum brilho. Coloquei a mão sobre o seu coração e não percebi o menor vestígio de batimentos. No entanto, nada disso me serviu de consolo. Tive crítica suficiente para entender que a espessura daquela camada de gordura no peito me impediria de ouvir ou sentir o coração, e certamente por isso ele fora dado como morto, quando simplesmente dormia um sono patológico, e nem mesmo um estetoscópio estava disponível naquela sala. E de que serviria um estetoscópio na sala de dissecação? E eu saberia usá-lo? Não! Definitivamente eu deveria arranjar rapidamente uma solução para aquele enigma. Foi então que me ocorreu o pensamento mais simples e que poderia ser a solução para o meu desespero. Enfiei o dedo indicador na ferida, até alcançar a carótida. Movimentei o dedo sobre ela, desloquei-a para um lado e para o outro, esperei alguns segundos com o dedo repousando sobre o cano semi-rígido, roliço, que o meu dedo podia identificar na profundidade daquele pescoço gordo. Quantos segundos eu teria permanecido ali naquela esdrúxula situação? Dois segundos, cinco? Nunca pude saber ao certo. Mas, qualquer que tenha sido o tempo dedicado a fazer aquele diagnóstico, fiquei convencido de que se vida ali houvesse, ela teria se esvaído — oh meu Deus! — quando o meu odioso bisturi perfurou aquela artéria.

Uma vez constatado que não havia ali nenhum sinal de vida e que, portanto, o pobre homem estava afinal definitivamente morto, eu deveria tomar a segunda decisão. Já estava claro na minha mente que era preciso ocultar aquele fato. Alardeá-lo seria arrematada burrice. Eu terminaria minha carreira naquele dia, provavelmente passaria toda a minha juventude numa prisão, afora as manchetes dos jornais e o meu nome divulgado aos quatro cantos "JOVEM ESTUDANTE DE MEDICINA MATA CADÁVER NA PRIMEIRA AULA DE ANATOMIA". Não! Eu estava decidido a me livrar de tais embaraços. Passei à segunda parte do plano. Eu estava ali com uma missão: havia me comprometido a apresentar o resultado do meu trabalho no dia seguinte, isto é: eu fora designado para dissecar o pescoço de um cadáver fresco e iria fazê-lo. Caso contrário, deveria dar justificações que comprometeriam gravemente o meu nome e o meu futuro. E como explicar que abandonara o trabalho depois de ter perfurado o pescoço com um único golpe de bisturi? Ai de mim! Enrubesço e me queimo de horror e vergonha diante do que fiz. Para encurtar, por mais repugnante e monstruoso que isso possa parecer, passei o resto da noite limpando artérias, isolando nervos, separando músculos e, devo admitir sem falsa modéstia: nunca se viu dissecação mais primorosa. No dia seguinte, ainda alquebrado pelos esforços da noite precedente, recebi elogios e murmúrios de admiração. Certamente estava-se ali diante de um exímio e precoce cirurgião. No fundo somente eu, e certamente a alma penada do meu cadáver, sabíamos a que custo eu conseguira aquilo. Ninguém, nem de longe, poderia suspeitar o que se passara naquela sala. E ninguém poderia sequer imaginar o que ia na minha pobre mente conturbada, e muito menos o que seriam os meus dias daí em diante.

Eis aí o início da minha carreira. A duras penas consegui evitar cadáveres e doentes adormecidos em cima de macas ou de mesas cirúrgicas. Dediquei-me à endoscopia. Nunca mais recobrei completamente a alegria de viver ou trabalhar com tranquilidade. Nunca mais — *everness* — tive um segundo de paz. *Never more*, fui o mesmo homem e hoje, ou ontem eu... *everness more*...., como um abutre, um réptil ou batráquio, um simples verme, eis aí..., eis o resultado de tudo... *everness*..."

4

"Aos que sentem mais do que pensam; aos sonhadores e àqueles que confiam nos sonhos como nas únicas realidades, dedico este livro de Verdades (...)", Edgar Alan Poe... ou Sigmund Freud?

5

Quinta-feira.

Era meia noite. Gelava. O vento frio zunia nas frinchas das janelas. Corri. Atrás de mim o pipocar das metralhadoras. Atravessei a ponte correndo como um desesperado. Era o barulho ensurdecedor de uma granada. Caí num buraco. Tirei do bolso uma cápsula de cianureto, que eu mesmo havia preparado para esta eventualidade. Os alemães continuavam avançando. O matraquear das armas continuava. Abri a cápsula — ia engolir diretamente o pó, o efeito é mais rápido. O gato se aconchegou aos meus pés. Creio que adormeci depois de ter tomado a cápsula de cianureto. Acabei deixando a TV ligada.

6

Sábado seguinte.

É preciso arranjar um sentido para a vida. A vida não tem nenhum sentido. A cada um o seu quinhão! Começo o dia com essa proposição filosófica; não sem razão. Outro dia alguém me disse: "Chorar e sofrer ainda é viver".

Desconfio disso. Pareceu-me Dostoiévski, mas posso estar enganado. Não tenho como saber. Embora goste dos russos, tenho motivos de sobra para desconfiar deles. E muito! Gostar e desconfiar! Os dois sentimentos simultâneos. Como vocês verão, mais tarde. Na verdade tenho baixa tolerância para certa espécie de escritores: autores de auto-ajuda. Abusam do desespero dos outros. Os outros (somos nós) querem se agarrar em alguma coisa. Depois me apregoam filosofia de botequim e me dizem: "Case! Tenha filhos, depois netos! Aí você vai ver o sentido da vida". A vida é isso mesmo. Não há solução para coisa alguma. Ninguém se desvencilha do abismo! Ninguém emerge de lá. É um só mergulhar. É um só afundar. Digo que a vida é isso e acabou. Eis aí minha filosofia.

7

12 de dezembro.

Esta noite resolvi caminhar pela orla da praia. Acendi meu cachimbo, vesti minha bermuda favorita e saí. Andei bem um quarto de hora. Já era quase meia-noite quando passei por um prédio meu conhecido. Parei. Olhei para as janelas — quase todas com as luzes apagadas. Mas uma estava acesa. Contei os andares, era no terceiro. Ali mora o conhecido poeta N*. E, para minha surpresa, lá estava ele na janela esgoelando um poema. Alguma coisa como:

> "Oh Mar!
> Oh Estrelas!
> Ambos me contemplam na janela.
> Da janela do meu quarto eu também contemplo o mar,
> a lua, as estrelas..."

Nunca ouvi tamanha barafunda de sandices. Tenho em mim que a todo poeta falta um parafuso no miolo. Esse, o conhecido N*, não constitui exceção. Do ponto de vista médico, já se disse que o perigo de se fazer poeta é esse aí: doença incurável e pegadiça e, acrescento eu, não há vacina possível. Ali estava ele, a tirar o sono dos vizinhos, esbravejando suas estrofes, batendo no peito como se tivesse anunciado uma profecia. E tudo o que dizia era "Oh mar! Oh lua!". Um desastre; são pessoas com pouco sal na moleira, não conseguem desviar o olhar para fora do caos que há dentro delas.

8

Segunda-feira.

Amo tudo na vida, e, claro, a própria vida. Por mais paradoxal que possa parecer esse meu sentimento. E tenho especial apreço por meu aparelho de endoscopia e meus livros. Minha especialidade é a gastroenterologia. Mas tenho também minha lista de idiossincrasias: o odor da fumaça de cigarros, por exemplo. Não entro em lugares onde haja fumantes e sou incapaz de me aproximar de uma mulher que tenha fumado. Ainda que seja a última beldade sobre a terra.

9

No consultório.

Logo cedo veio me consultar um enfisematoso. Achei que o caso era grave. Ele é trombonista da banda. Eu lhe perguntei:

— Por que todo trombonista sofre de enfisema?

Ele não soube me responder. Enviei-o a outro médico. Não fazia sentido meter meu endoscópio naquele pulmão enfisematoso. Suspeitei logo que se tratava de fumante inveterado e tratei de me livrar dele. Encaminhei-o a quem mais o merecia: um pneumologista fumante!

10

Ontem...

Dediquei todo meu tempo livre para estudar. Peguei o *Traité de chirurgie de l'estomac*, na minha versão original de 1895, do Dr. Eugène-Louis Doyen. Uma raridade. Está tudo lá. Mais atual do que os chamados clássicos atuais. Não se sabe tudo sobre a cirurgia do estômago. Perto do velho Doyen, não se sabe nada. Nulidade! Nulidade! Tudo é nulidade.

11

Hoje.

Subi numa cadeira para estudar as condições da trave de madeira da varanda. Dependurei-me nela, agarrando-a com as mãos. Pareceu-me bem resistente. Não demora e pretendo amarrar ali uma corda. Primeiro penduro um vaso (a trava de madeira e a varanda estão ambas situadas no meu apartamento de frente ao morro e, para mais além o mar). Depois do vaso, penduro o meu pescoço. Espero ter sucesso nessa empreitada. Com a do cianureto foi um fracasso. Tomei groselha, por engano.

12

Três dias depois.

Voltei do banco onde tive uma curiosa entrevista com o gerente.

Ele disse não havia saldo em minha conta. Exigi explicações.

O diálogo que se travou entre nós teve um quê aparente de surrealismo, mas só na aparência.

— Não há um único depósito na sua conta desde dezembro do ano passado.

— Por que dezembro? — eu disse.

— Ué! Sei lá! — respondeu.

Pensei cá com meus botões: "Esse sujeito está querendo me enrolar ou não passa de um biruta."

— Me engana que eu gosto — eu disse.

Ele não abriu a boca. Ficou me olhando como se tivesse levado um tranco. Continuei:

— Dezembro é o mês do Natal, é ou não é?

— Sim...

— Acontece que no Natal costumo dar presentes. Vê se acompanha o meu raciocínio — falei pedagogicamente, já a ponto de perder as estribeiras.

— Hum... — ele resmungou.

— Pois bem — continuei. — Se é Natal, e costumo dar presentes, é claro que tem de haver — acentuei o *tem de haver* — saldo em minha conta!

— Sim — disse ele, e, desta vez, sorriu. — Desde que o senhor deposite alguma coisa.

— Como assim? (Eu já estava além do meu limite — de paciência).

— Simples — ele retrucou. — Basta o senhor colocar o dinheiro em sua conta. Dessa forma, poderá gastá-lo com presentes ou com o que for.

Ora essa! Depositar em conta! Veja só. Coloco o dinheiro na conta! Aí você aparece com juros, impostos, tributos, taxas e estou sempre devendo alguma coisa.

Não, decididamente não faço mais isso. Não posso entender como tanta gente ainda não percebeu isso e continua agindo como se nada houvesse, ninguém reclama, ninguém organiza um movimento. Nunca vi passeata de correntistas protestando. É inacreditável! Em resumo: dei um murro na mesa espalhando papel para todo lado e saí pleno de indignação. No saguão ainda parei para olhar. Havia uma fila de inocentes esperando candidamente a vez para depositar.

13

Fevereiro, véspera de carnaval.

Ainda não anotei nada, mas tenho projetos. Muitos projetos.

14

Quarta-feira.

Voltei a passear na calçada, contemplando os prédios e, principalmente, as pessoas. Como há gente interessante! Você olha para um, está fumando. Olha para outro, está rindo. Um corre, na esperança de perder vinte quilos no final da corrida. Outro passeia com o cachorro amarrado a uma coleira. Todo cachorro, quando me vê, late na minha direção. Raramente são amistosos comigo. Latem, provavelmente de raiva, a baba espumando no canto da boca. Alguma razão há, para esse comportamento tão inusitado. Mas não perco tempo em entender a fundo o que se passa na alma dos cães. Às vezes eu mesmo quero latir também. Mentalmente me organizo e digo au, au, au! Não morro de amores pelos cães, embora os respeite e dignifique-os. Mas eu caminhava, a contemplar o céu, terra e mar; tudo isso se descortinava à minha frente. E havia uma luminosidade feérica sob o sol. Pássaros voavam sobre as árvores, cães, muitos cães. Gatos e até mesmo um papagaio a perseguir uma ave-do-paraíso. Achei estranho e pensei: "Será que estou a ver coisas?" Olhei para as pessoas que se aproximavam; duas senhoras idosas e muito respeitosas — deviam ter cada uma uns noventa anos — riam entre si, muito felizes, elas também contemplavam o papagaio e a ave-do-paraíso. Não era, portanto, um delírio meu. Aliás, tenho visto e ouvido coisas que nenhum mortal chegou a ver ou ouvir. Às vezes isso me espanta. Outro dia — não no mesmo dia, quero dizer, hoje — eu andava sem sapatos na areia; fazia exercícios com os dedos dos pés quando surgiu diante de mim um enorme caranguejo que saltou da água e falou uma frase inteira, sem que eu pudesse compreender absolutamente nada. Um mistério! Tais coisas continuam a acontecer e os estudiosos não concluem coisa alguma. Bem defronte do meu apartamento há um sapo que se diz dono da fonte. Isso não é surpresa para ninguém. Todos sabem disso. E, por isso mesmo, chamam-na de "fonte do sapo". Outro dia, li num jornal que duas vacas entraram numa livraria à procura de um livro de auto-ajuda. Tudo isso acontece e ninguém explica nada para ninguém.

15

Fevereiro — carnaval.

Em janeiro não fiz nenhuma anotação. Atendi três pessoas com gastrite; um general com flatulência, um manco com úlcera operada e complicada e um sujeito muito estranho. Logo que entrou, apontou o dedo para o meu rosto e disse:

— Ha, ha, ha! Eu te conheço, velhaco!

Fiquei paralisado. Pensei: "Não vou deixar esse sujeitinho me intimidar, afinal esta é ou não é a minha casa?" Ato contínuo, pulei da cadeira, dei a volta à mesa, olhei bem nos olhos do desgraçado, fulminando-o, como se fosse esganá-lo e gritei:

— Ha, ha, ha! Seu demônio! Você é um velho habitante do inferno!

Ele ficou mudo como uma porta, sentou-se (eu

continuava apontando o dedo para a cara dele), encolheu-se todo e começou a gaguejar, chamando a mãe. Perdi a paciência. Chamei a secretária, mandei guardar o meu endoscópio e retirar o traste da sala. Cada uma...

16

Último dia do último mês de...

Estive mergulhado nos livros. Não me recordo quem disse, mas, desde a minha infância, tenho escutado que ler demais embaralha os miolos. Nunca botei fé nesse artigo de afirmação anciã. Saí ileso de quantas leituras em que entrei. Andei folheando antiguidades à procura de nomes pitorescos no Rio de Janeiro. Encontrei: Largo da Carioca, Largo do Machado, curva do Cantagalo e muitos outros. Em livro mais antigo topei com algumas raridades: rua do Que Não é Surdo, rua do Poeta, ladeira do Grande Grito, Largo da Cabocla Estourada, passeio do Frade. Anotei tudo no cantinho da minha caderneta. Pode me ser útil para alguma eventualidade.

17

Março ou outubro.

Passei a manhã inteira a ler os jornais. Atualmente não

faço outra coisa. Tomei essa decisão. Recuso-me a sair para o consultório, o que foi um grande alívio. Às vezes sinto falta do meu trabalho. Em compensação, tenho os livros, dezenas deles, milhares. Voltei a lê-los pela ordem em que estão arrumados na estante. Peguei o primeiro: Guy Beaujouan, um livro de medicina humana e veterinária do final da Idade Média. Muito interessante. Como se aprende a tratar humanos a partir de cavalos! É assombroso. Por exemplo: se o cavalo está com a pata cheia de pus o tratamento consiste na retirada do casco para que a natureza possa fabricar um novo casco. Elementar, hipocrático. Custo a me afastar desse livro de veterinária, até porque é nele que tenho aprimorado meus conhecimentos, não só de gastroenterologia humana como de medicina geral e especializada.

Ora, por que não se fala mais de humores? Desde a Antiguidade que se sabe serem os humores capazes de engendrar moléstias diferentes. Acho que o sumiço da teoria dos humores também se deve à máfia da indústria farmacêutica, suspeito mesmo disso. Vejamos: quando o humor chega à parte posterior do pé do cavalo, provoca água no joelho. Quando o humor sai do cérebro para os olhos produz irido-ciclite. Mas o capítulo mais coerente é o dos alimentos. Como nós, médicos modernos, ignoramos que a ingestão de ervas verdes durante a primavera provoca orquite? Que os alimentos secos e empoeirados, assim como bebidas muito frias causem amigdalite? Mas, é principalmente o excesso de alimentos que é o mais prejudicial; em particular, a ingestão de uma grande quantidade de trigo cru desencadeia inflamação no pé. Nada tão simples e tão eficaz quanto aplicar um clister no animal ou no homem que está com cólica, princípio que recomendo como insuperável. Tudo pela ciência. Detesto superstição. Não posso concordar que o abscesso do cavalo possa ser curado amarrando um sapo vivo na sua crina. Quando o sapo morre, o abscesso está curado. Ainda tenho dúvidas quanto a esse método. Há um ponto de divergência que tenho para com os médicos medievais. Por que estudavam tanto o cavalo se a anatomia do porco é muito mais parecida com a do homem?

18

Terça-feira.

Parei um pouco com minhas leituras para meditar sobre o diário. De início, planejei escrever quatorze mil páginas, como Amiel. Depois me assaltou uma dúvida. Alguém que se propõe a escrever quatorze mil páginas de um diário não estaria com o miolo mole? Eis a primeira questão, que prontamente resolvi. O sujeito com miolo mole nunca acha que está com o miolo mole. É pitagórico: se está, nunca acha que está. Quem está não pensa e jamais fala disso. Portanto, estou livre da minha auto-maledicência. A segunda questão é a seguinte: se vou mesmo escrever tantas páginas, quanto tempo me resta de vida? Como isto é assunto que eu mesmo vou decidir, pensei, a princípio, que o escreveria durante 365 dias à base de 38 páginas e meia por dia. Mas isso é impossível, tenho de voltar ao meu trabalho. Se decidir escrevê-lo em 5 anos, terei de produzir apenas 7 páginas e meia por dia. Isso me parece muito tempo de vida e um diário não justifica tanto. Fazendo cálculos aproximados, poderia fazer o serviço em 10 anos, escrevendo 3 ou 4 páginas por dia e, mesmo assim, me parece um esforço sobre-humano. Essas dúvidas me levaram a outras reflexões. Como estou inabalavelmente determinado a continuar o diário — só Deus sabe se vou acabá-lo —, preciso estabelecer regras fixas, pois me propus, também, antes do "desfecho final", a ler, como assinalei em outra parte, todos os livros da estante na ordem em que estão colocados. Regra número 1. Desenvolver uma técnica para memorizar o essencial de cada leitura. 2. Aplicar na prática o resultado do aprendizado de cada livro. 3. Fazer associações de ideias teóricas e práticas entre os diversos livros. Regra número 2 e sub-itens. 1. Ser absolutamente disciplinado na rotina. 2. Esquecer obrigações impostas dentro da casa como: comprar pão na padaria, atender ao telefone, usar computador para outros fins que não seja o diário, dar comida ao cachorro, atender à campainha da porta, atender ao interfone, refeição frugal (frutas, muitas frutas, jamais carne vermelha, plantas, algumas leguminosas e só, água também pode, nem pensar em vinho — nada, nunca mais, nem o buquê!), banhos semanais rápidos, não fazer barba nem cabelo, cortar ou aparar só quando estiver atrapalhando digitar no teclado, não conversar inutilidades, não discutir com ninguém, enfim, viver para esse fim.

19

Quarta-feira.

Não posso negar que ocorre uma espécie de transformação em mim. Sinto a cada dia que passa. Não creio que as pessoas se apercebam disso. Mas às vezes tenho dúvidas. Outro dia alguém na casa me olhava desconfiado. Na certa pensava algo a meu respeito. Olhei em torno do corpo como se houvesse alguma mancha na minha roupa, fiz um ar de desdém e continuei em frente. Ninguém disse nada. Na rua, contrariando a nova rotina, fui para a padaria e entrei na pequena fila. No mínimo duas pessoas me encararam com desconfiança. Hoje já não tenho nenhuma dúvida de que algo está mudado em mim. Penso isso e quero minimizar. "É o cabelo", penso. Deixei de cortá-lo há alguns dias ou algumas horas, deve estar fazendo diferença, mas recuso-me a olhar no espelho. O que importa é o objetivo final. O primeiro deles: o diário. O outro virá a seu tempo.

20

Sábado de 1996.

Volto ao tema dos cães. Alguém me disse que são seres humanos como outros quaisquer. Vejam bem: isso foi dito por um ministro do antigo governo. Ninguém se opôs. Aliás, a mídia deu um grande destaque. Todos ficaram surpresos. Confesso que isso não me impressionou em nada. Tenho estudado o comportamento deles, especialmente algumas raças. Cães estão muito mais próximos dos humanos do que macacos. Chimpanzé, nosso parente mais próximo, é de uma violência desmedida e, de inteligência, não chega aos pés do mais atoleimado cãozinho. Os cães são uma espécie de gente pequena, embora muitos sejam ferozes, posso garantir. Nesse ponto há uma questão que pode colocar em xeque a teoria de Darwin. Mas não estou disposto a entrar nessa polêmica.

21

Noite de novembro...

Já vi de tudo. Quase tudo, quer dizer... . Mas não passei pela experiência da guerra. Ou passei? De manhã, tudo se tornou confuso, embaralhado. Pensei que deveria sair para trabalhar. Antes, porém, dei com os olhos na estante. O segundo (ou o terceiro?) livro da sequência devia ser lido. Com o chapéu encaixado na cabeça, o guarda-chuva enrolado debaixo do braço e a pasta na mão. Conclusão: eu estava de saída. Deparei com o título do livro e não me contive, era Dom Quixote. Permaneci longo tempo meditando sobre a pouca importância que os críticos atribuíram ao asno que transportava o Sancho.

22

Dia seguinte.

Cheguei à casa e olhei de relance para a estante, não sem certo temor ao lembrar que ainda não li nem os livros da primeira prateleira da direita. Volto a cabeça em direção à fileira de livros. Ontem, Dom Quixote não estava nesse lugar. Eu o havia retirado e deixado sobre a mesa. Agora me aparece aí de novo. Hum..., há poeira no ar. Há cheiro de mistério por aqui, há algo podre, e não estamos na Dinamarca.... Bem..., volto a isso mais tarde. Entrei no escritório e vi uma pessoa sentada numa das poltronas, ao lado da escrivaninha. Tinha um ar muito familiar. Não disse uma palavra sequer. Contentou-se em me olhar como se estivesse aprovando a minha presença e todos os atos da minha vida inteira. Não me questionem por que não lhe perguntei o nome. Ele continuou com aquele sorriso beatífico nos lábios e um brilho nos olhos que imagino só possuírem as grandes almas. Não vou perder tempo em lhes descrever a aparência dele pela simples razão de que isso não interessa a mais ninguém. Em resumo, tinha a aparência ideal. Mas o que vem a ser isso? Vocês estarão a me perguntar. A mesma aparência que eu tinha aos meus 25 anos de idade. Enfim, um sujeito simpático, desses que se encontram às vezes pela primeira vez na vida e nos encantam logo no primeiro momento. Um fenômeno raro, mas absolutamente verossímil. Olha-se um no olho do outro e tudo já está dito. É como se fosse um complemento ou extensão de nós mesmos. Sem pestanejar, pensa-se numa hora dessas: "Esse sujeito aí sou eu", ou mais comportadamente: "Eis aí alguém em quem posso confiar".

Sentado estava, sentado permaneceu. Fiz menção de cumprimentá-lo e ele apenas ampliou um pouco mais o sorriso. Era como se tivesse dito: "Fique à vontade, a casa é sua". Isso, assim mesmo. Como se devêssemos, pela ordem natural das coisas, compartilhar dali em diante o mesmo espaço, as mesmas coisas da casa, as mesmas funções. Ainda agora não sei como explicar esse aparente caos que foi tomando conta de mim ao imaginar que, daquele momento em diante, minha vida tomaria um duplo sentido. Quer dizer, de uma maneira mais clara, ficava entendido que ele me acompanharia como uma sombra, como uma extensão dos meus atos e dos meus pensamentos. Confesso que ao vislumbrar tal possibilidade — e tudo isso me ocorreu numa fração de segundo — fiquei excitado como um adolescente. Ora, eu não ignorava o papel do sósia na vida de cada um de nós, conhecia mesmo todos os duplos que a literatura nos apresentou com maior ou menor desenvoltura, um Poe, um Dostoiévski e outros. Ao mesmo tempo em que eu me refestelava de satisfação com a possibilidade de conviver, por assim dizer, em carne e osso com um duplo, mesmo sendo ele mais jovem do que eu, de qualquer forma era um duplo, uma duplicata dos meus tempos de juventude. Eu o via e sabia que aquele jovem ali talvez fosse muito mais experimentado na vida do que eu próprio, à beira dos 70 anos. Era como se eu pudesse contemplar a mim mesmo nos anos dourados da minha juventude, com a única e fundamental diferença de já possuir, naquela idade, toda a experiência acumulada por um homem próximo ao fim da existência. Nenhuma falsa esperança, nenhuma credulidade cega, nenhum idealismo ingênuo, nenhuma arrogância e com a noção exata, a medida certa das coisas, a satisfação risonha de quem contempla o futuro sem temor ou surpresa, a liberdade de espírito de quem medita sobre o passado sem tristeza, arrependimento ou culpa. E, tudo isso, com vinte e poucos anos de idade! Confessem, não é pouco. De tal forma me vi envolvido em pensamentos e expectativas tais que passei a me movimentar no escritório medindo atenta e deliberadamente os passos, como se qualquer movimento brusco e inadvertido pudesse espantar aquela espécie de aparição que era — agora o digo com convicção — era eu mesmo, muitos anos antes. Ele apenas me seguia com os olhos brilhantes e doces. Reparei num átimo em que o olhei frente a frente, que possuía uma pequena verruga marrom implantada na face esquerda. O detalhe teve o dom de me instigar a curiosidade. Eu não me lembrava de nenhuma verruga no meu rosto durante a minha juventude. Mas minha atenção foi logo desviada para outros pensamentos. Como ele não dizia nada, eu também permaneci calado, o pensamento mergulhado em mil conjecturas. Será que ele teria o mesmo gosto que tive para o exercício da minha profissão? E a gastroenterologia? Será que usaria o endoscópio com a mesma habilidade que eu? E o seu gosto para a literatura e as artes em geral? Teria a mesma ojeriza que eu pelas pessoas que falam demais? Odiaria futebol com o mesmo fervor? Teria a mesma ranhetice quando percebesse um livro fora de lugar na estante? Detestaria meias furadas, como sempre detestei? O pavor do fiapo de carne agarrado bravamente entre um canino e um pré-molar, durante um jantar com várias pessoas sentadas em volta da mesa? Teria o mesmo desprazer desesperado diante das desonestas promessas dos políticos? Gostaria de café como eu? Teria a mesma aversão que eu pela violência? E a mania por canetas, a coleção de cachimbos, minha estufa para fumos de rolo, o zelo com a pontualidade, o pavor de comprar a prazo, o ódio às filas bancárias e a minha dissimulada hipocondríase? Tais eram meus pensamentos naquele momento, quando subitamente me dei conta de que ele poderia ser outra coisa, muito diferente do que eu estava imaginando. Poderia ser um desses demônios que às vezes nos visitam disfarçados de humanos, quase sempre travestidos de corretores de seguro ou alegados gerentes de bancos, com a fisionomia mais humana possível, insuspeitável, muitas vezes simpáticos, risonhos, olhos claros e sinceros induzindo-nos à crendice mais exacerbada, às ações mais tresloucadas, aos atos mais vis. E se fosse um demônio desses? Quem sabe um demônio à procura de um pacto? Mas o que poderia eu fornecer em troca, num pacto com um demônio que tinha a minha cara de vinte e tantos anos atrás? Daí me veio uma ideia de supetão. "É o suicídio", pensei. "Veio por causa do suicídio". Fixei-me nessa ideia. Na certa estava presente quando testei a resistência da viga de madeira da varanda, pensando em amarrar lá uma corda e pular no abismo. Ou teria presenciado o instante em que tomei groselha na legítima convicção de que se tratava de cianureto? Certamente essa poderia ser a motivação da estranha visita. Voltei-me para contemplá-lo e ele já havia desaparecido. Revirei o escritório inteiro à procura de um cheiro de enxofre. Encontrei um apontador de lápis caído no vão entre a mesa e a parede, uma casca de banana povoada de formigas, mas nenhum cheiro de enxofre. Nada que pudesse, nem de longe, comprovar minha precária sanidade.

Como já mencionei em outro lugar, prometi dizer toda a verdade. Aproveito para registrar o episódio do meu encontro com o diabo. Aí vocês terão elementos para julgar minha sanidade.

23

Foi numa dessas longas noites de insônia que me perseguem há anos, em que eu, procurando me levantar sem fazer ruído, deparei-me com o Cabeçudo. Seu nome é legião. Uns o chamam o Caboclo, o Sujo ou o Cão. Outros o conhecem por Sem-nome, Destronado, Arrepio, Imundo, Mal-cheiroso. Para alguns é apenas o Tisnado. No chapadão é o Canho ou o Pé-preto. Na serra da Canastra, o Azarape ou o Mafarro. Tinhoso é denominação universal, embora apenas os iniciados o conheçam por Sulfuroso. Ora, já me perguntaram se me assustei com a aparição. Quem não se assustaria ao se levantar de madrugada e encontrar o Cão, sentado sobre a sua cadeira? Levei tamanho susto que quase caí. Minhas pernas tremiam e minha voz ficou embargada. O Cujo, o Seja-lá-o-que-for estava ali, por assim dizer, de carne e osso. Não tinha aspecto fantasmagórico, demoníaco ou coisa que o valha. Pelo contrário. Era um senhor de aparência respeitável, cabelos grisalhos, barba e bigodes bem aparados, usava óculos com aros de metal e lentes transparentes emoldurando olhos claros, vivos e brilhantes. A pele era morena como a de um surfista, colete de quatro botões, paletó e gravata colorida. Nenhum pensamento sobrenatural me ocorreu naquele momento. Ao me perceber assomar à porta do escritório, contentou-se em me cumprimentar com um sorriso eloquente estampado no rosto e, num gesto elegante, apontou-me a cadeira como se me convidasse a sentar. Não me pareceu assustado. Se havia ali algum intruso, era eu.

Talvez deva lhes explicar a razão pela qual concluí tratar-se do demo em pessoa. Pela aparência ninguém poderia supor. Daí porque me recuso a acreditar nos bem-vestidos, nos cheirosos, nos que usam argolas de ouro penduradas no pescoço, nos punhos e até nos tornozelos, os dedos entortados de anéis. Em primeiro lugar desconfio. E nem me deixo engabelar por nenhum bem-falante de gestos comedidos. São os piores. No entanto, não tive dúvidas quando o vi. Seu cheiro inconfundível o denunciava. Ninguém se engana diante do cheiro do Energúmeno. O que tresandava dele não fazia suspender a respiração. Era sutil, incomparável. Lá estava eu, recém-saído do leito, onde passara metade da noite rolando de um lado para o outro, repassando meus afazeres, remoendo angústias. E eis que me aparece o diabo na forma de um elegante cavalheiro. Eu diria que se tratava de um proprietário de terras, saído diretamente duma recepção num desses elegantes salões onde se comprazia a aristocracia de dois séculos atrás. Colocando em dúvida minha sanidade, me precavi contra pré-julgamentos. Acreditei que sonhava e só me convenci do contrário ao cravar bem fundo a unha do polegar direito na palma da minha mão. A dor apenas diluiu a concentração que eu mantinha em relação ao estranho visitante. Ele permanecia irredutível, palpável, se quiserem, instigando-me a conversar. Meio atordoado, indaguei a ele o que fazia ali. Pergunta necessária, no entanto absurda e idiota. De toda forma, indicava que eu já abstraíra o medo e tentava o diálogo como forma de aplacar o pânico. O Ferra Brás respondeu-me com uma evasiva tão desconcertante que fiquei imobilizado durante alguns segundos...

— Moro ao lado, meu caro. Há tanto tempo e ainda não me percebeu!

Havia qualquer coisa de irônico na sua resposta.

— Não me diga que é o Que-veja — atalhei, querendo ganhar tempo. Ele permaneceu em silêncio, revirando um botão do paletó, como se procurasse o reflexo da própria imagem naquela espécie de espelho em miniatura. — Seu silêncio é a confirmação da minha dúvida — continuei, animado. — Enfim, temos a visita do Sarnento. E por qual propósito devo recebê-lo em minha casa?

— Não perca tempo com perguntas estúpidas. Estou aqui e posso servi-lo. Eis tudo — afirmou peremptório.

A partir dessa frase, todas as dificuldades pelas quais vinha passando ocorreram-me num segundo. Uma dívida impagável e uma dor de cabeça que de tempos em tempos me incomodava. Nisso se resumiam meus tormentos mais recentes. Ambos me ocorreram à simples menção da oferta.

— Felizmente não preciso de ajuda — menti. — E não entendo como poderia me ajudar.

Naquele instante, intuí que vencera um obstáculo qualquer, encostando-o na parede ou coisa assim, embora ainda duvidasse disso. Estaria ele na defensiva? Preciso, entretanto, fazer um parêntese. Quando me dei conta de que falava com o Maligno, tive um calafrio que não lhe passou despercebido. "Como, então, pensei, eu me ponho a discutir com um fantasma! No mínimo perdi o senso do ridículo ou me deixei ir longe demais com a fantasia". Era o cúmulo e, o mais intrigante, eu me dava conta dessa situação, fazia autocrítica impiedosa, mas não conseguia me desvencilhar da presença do Escrofuloso. Passei várias vezes a mão no rosto, esfregando os olhos. Dei meia-volta, fui ao banheiro, abri a torneira, umedeci as mãos e a face com água fria. Olhei-me no espelho e constatei meu estado deplorável, a fisionomia cansada, agravada pela insônia, pelos cabelos em desalinho. Coloquei um pouco de creme dental na ponta do dedo, esfreguei na gengiva, enxaguei a boca, limpei os lábios com o punho e voltei ao escritório como se enfim tivesse despertado naquele instante. Nada disso surtiu o menor efeito. O Coisa Ruim permanecia lá, tão sólido como uma aroeira.

— Suma daí, Satanás! Você não existe! É apenas produto da minha imaginação. Fora daí, com seu cheiro insuportável.

— Desde quando aparição tem cheiro — retorquiu ele com um sorriso irônico, torcendo a ponta do bigode com os dedos, num gesto afetado, quase feminino. — Qualquer um pode se equivocar com uma miragem, mas de onde vem o cheiro que tanto o incomoda? Pensou nisso?

— Vem da podridão do meu próprio pensamento, Coisa-ruim! Você é apenas a emanação do que há de pior em mim. A materialização dos meus pensamentos negativos, atormentados, a encarnação das minhas fraquezas, nada mais que isso.

— E, no entanto, você fala comigo, escuta meus ruídos, sente o meu cheiro e nega. Parece um Tomé, mal comparando. Talvez queira tocar o meu peito e apalpar a minha carne — continuou, ameaçando desabotoar o colete.

— Pare, Imundo! Me deixe em paz. O que quer, afinal?

— Assim está melhor. Acho que poderemos nos entender, agora. Seu orgulho — continuou em voz sussurrada — é uma das virtudes que mais aprecio. Você não precisa fazer confidências. Digamos que eu consiga algum dinheiro, o suficiente para resolver uma dívida que o incomoda, hein! — exclamou.

— Não tenho motivo para aceitar. Resolvo meus problemas, sozinho. Não seria de "um vizinho" — acentuei a palavra 'vizinho' — que vou aceitar qualquer tipo de ajuda. Além do mais, não tenho problemas insolúveis. Ficaria feliz e agradecido se o senhor se retirasse o quanto antes. É tarde, preciso repousar e não quero acordar as outras pessoas da casa.

Agora, quando já se passaram alguns meses desses estranhos acontecimentos, percebo que minhas respostas eram evasivas. O Maneta expunha seus métodos. Decididamente não devia contestá-lo. Pelo menos foi esse o pensamento que me passou pela cabeça, naquele momento. Mas ele continuava, como se tivesse estabelecido previamente uma meta, pois continuou falando por um longo período.

— Tenho observado com curiosidade o seu desprezo em relação à sua própria saúde. Não esconde de ninguém seu desinteresse pela aparência. Sua barriga parece um tonel. Sua barba é de um desleixo inominável. Seu carro é uma lata velha imprestável, suas roupas mal-cuidadas, seu chapéu é apenas um boné de terceira categoria.

— Prato cheio para um demoniozinho de plantão em fim de noite, hein! — interrompi. — É por isso que você está aqui! Agora começo a compreender. Um salvador na figura do Cão. Muito bem, insisti: eis aí uma proposta diabólica. Você — não fazia mais sentido chamá-lo de senhor, embora aparentasse uns cinquenta anos — me aponta os defeitos e me acena com as soluções. Em troca, vejamos... o que exige? Mas, por favor (com ironia), seja original. O Celerado meteu-se a rolar um lápis de um lado para o outro sobre a tampa da escrivaninha e não disse coisa alguma.

— Vamos! Estou esperando! — falei num tom de voz que tive o cuidado de modificar na frase seguinte com receio de acordar a casa toda. — Então? — continuei — se tem tanto poder, por que não se livrou ainda dessa verruga indecente mal escondida pelos óculos?

Ele tocou a verruga na lateral do próprio nariz e parou de sorrir. Como se tivesse sido apanhado em flagrante, retrucou:

— Tenho medo de anestesia e de saber se é maligna — respondeu acuado.

Não pude conter o riso. Perdi completamente a inibição. Agora sim, sentia-me mais confortável.

— Quer dizer que o Diabo-dândi, com ares de filósofo, tem medo de anestesia? E não teria também dor de dente, insônia, ciúme e caderneta de poupança, como qualquer mortal?

— Não tenha nenhuma dúvida disso — respondeu, recompondo-se. — Exceto a caderneta, continuou, tudo o que você enumerou é verdadeiro. Quando me encarno, preciso agir como ser humano, por isso também tenho medo. *Nihil humanum a me alienum puto* (Nada do que é humano me é alheio).

— Era o que faltava! Um diabo intelectual, fazendo citações em latim (Terêncio ou Nietzsche, pensei.

Karamazoviana, com certeza. Mas permaneci calado).

Em seguida, ele se levantou calmamente em silêncio, sorrindo. Fez menção de se retirar, enquanto eu o observava impassível, com a certeza de que apenas jogávamos os primeiros lances da partida.

24

Lá se vão dias ou meses. Já lhes falei que o Mestre me visitou certo dia (os russos o chamam assim). Isso mesmo, o demo em pessoa. Não pensem que foi um privilégio. Pode visitar qualquer mortal, a qualquer hora do dia ou da noite. Não pude ainda saber se há meios para invocá-lo. Nem sei para que serviria tamanho despropósito. Na maior parte do tempo, não é exatamente o que consideramos "companhia agradável". Fede, o infeliz. Aquele cheirinho de enxofre, alardeado em prosa e verso há milênios, faz parte da visita. Além do mais, sua conversa repleta de frases bem torneadas está geralmente envolvida com argumentos melífluos, mas não chega a ser de todo repulsiva. Em alguns momentos, pode até mesmo ser agradável. (Tenho certeza de que neste momento ele se diverte). Vejam a que ponto cheguei. Em poucos segundos vocês começam a imaginar que sinto falta dele. Explico melhor. Antes de tudo, é uma criatura sem travas na língua. Um conversador nato. Nada de monossílabos, como estamos hoje acostumados. A pessoa acomoda-se diante de você e não abre a boca. Ninguém mais sabe conversar. Pode até ser influência da TV, sinal dos tempos e, provavelmente, contribuição do diabo ao mundo contemporâneo, assim como o computador e a dor de dente. O fato é que hoje em dia não se consegue sustentar uma conversa além de cinco minutos. Ninguém mais conversa. Hoje, vemos TV. O Mestre conversa, e como! Entre uma e outra tirada, pôs-se, de início, a me elogiar, em seguida passou à crítica, como ninguém o fizera antes. Aquilo me aborrecia. Afinal, quem se compraz com alguém lhe ditando normas, dizendo faça assim ou assado? Especialmente porque estamos habituados aos tapinhas nas costas, à lisonja. Ah! A lisonja? Voltaremos a ela.

Posso dizer que passou horas intermináveis durante sua primeira visita me elogiando ou enumerando meus defeitos. É evidente que em nenhum momento me passou despercebido seu interesse com isso. Aliás, nunca foi dissimulado. Desde o início deixou claro que estava ali para ajudar. Vocês não estão pensando que minha ingenuidade chega a ponto de acreditar que Ele se propõe a ajudar alguém pela cor dos nossos olhos. Algum proveito vai tirar disso, não tenho a menor dúvida. Mas pelo menos teve a decência, se posso usar essa expressão, em relação ao Beócio, de não fazer nenhuma proposta claramente vergonhosa. E nem venham me dizer que a 'tradição' fala em 'vender a alma'. Isso sim é coisa antiga. Nosso demônio é atualizado e poliglota, conhece latim, assiste TV, vai ao teatro, ouve música erudita ou sertaneja, conforme lhe convém, candidata-se a postos eletivos, adora usar FAX e computador e pode discorrer horas e horas sobre qualquer assunto. É evidente que vai querer alguma coisa em troca. Mas pelo menos até o momento, não fez nenhuma proposta indecorosa do tipo 'vote em mim nas próximas eleições'.

Algumas pessoas vieram me perguntar se realmente a

aparência do demônio é a que eu descrevera (Um senhor de uns cinquenta anos, barba e bigodes bem aparados, paletó, colete, etc), ou se trata de recurso literário para amenizar o texto. Minha resposta não poderia ser mais direta. Respondi apenas que *esse* foi o que me apareceu, mas não posso responder pelos outros. Essa questão me deu ensejo para desenvolver o raciocínio de que teria se manifestado assim com o intuito de aliciar-me. Sendo o demônio, sabe que detesto as coisas viscosas, rastejadoras, furtivas. Tivesse se manifestado com tais características, é quase certo que o teria enxotado no primeiro minuto. Respondi ainda a esse curioso leitor que, considerando que se tratava do Tinhoso, tranquilamente poderia assumir uma das suas formas clássicas como o conhecemos no Ocidente. Ou mesmo ter aparecido como um dos diabos russos, sob a forma de um estrangeiro insignificante, "um diabinho trêmulo e raquítico de sangue verde, com pernas finas alemãs, polonesas e francesas, ou um pequeno mal-educado sorrateiro com algo inexprimivelmente repelente em torno dele". Falando assim, fico lhes devendo outras explicações. Na verdade, algumas foram dadas na primeira parte desta estória. Em nenhum momento considerei aquele encontro natural. Obviamente, pensei que estava mergulhado num pesadelo ou delírio. Com o passar dos dias, fui me acostumando com a ideia. Por isso, falo dele hoje com essa naturalidade que pode chocar. Afinal, foi ele mesmo a dar a solução para o enigma, dizendo-me (em latim) que tudo que é humano não lhe era estranho. Vejam, portanto, sua aparição já deu frutos. Não há porque nos surpreendermos com nossas próprias atitudes. Mas, por favor, não me interpretem erradamente. Não quero dizer com isso que a qualquer ação devamos encarar com naturalidade ou aprovar indiscriminadamente. Nada disso. Sou crítico veemente de tudo aquilo que a nossa sociedade também recrimina e condena. Abomino os excessos, a inveja, a luxúria, a ganância, o ócio, a mentira, a intriga, a maledicência, a bebida, a violência, as drogas em geral, fofocas e fiapo de carne no meio dos dentes. Embora humano, sei que a tudo isso somos sujeitos. Não há demônio que o impeça. Ou melhor, quando caímos é ele, o Cujo, que se apoderou de nossos atos.

Cheguei a dizer isso a ele, e obtive uma resposta socrática.

— Como, então — retrucou —, atribui a mim todos os males da humanidade? E como fica sua consciência quando comete o deslize? Que forças você invoca para explicar seus titubeios? Acaso o diabo está em toda parte? Se assim o fosse, seria Deus, não acha?

Gostaria muito de saber como vocês se sairiam dessa. Quanto a mim, confesso, meus parcos recursos de retórica deixaram-me literalmente a ver navios (Digo isso porque estávamos no meu escritório, e, de lá, pode-se ver o mar e os navios transitando). Na hora, fiquei mudo e contemplei o horizonte salpicado de pequenos pontos luminosos como um tapete brilhante estendido sobre o mar. Não respondi. Pensava na melhor maneira de dar uma direção saudável àquela conversa. Quando consegui me organizar, falei:

— Você é apenas eco dos meus próprios pensamentos. Há dois dias pensei exatamente nessa questão, ou seja, que nem todo o mal do mundo pode ser explicado pela ação do demônio. Que ele, o demônio, ou seja, você, está dentro de cada um de nós. Que é preciso uma força de caráter extraordinária para sufocá-lo, para que não aconteça com outros o que está ocorrendo comigo, que, por fraqueza, por imensurável desleixo, permiti ao demônio se materializar, tomar até mesmo a forma humana e se intrometer na minha vida. Daí meu pensamento, tantas vezes negado, de que você não passa da materialização do que há de pior em mim. Se quiser, *você,* sou eu, e nada mais do que isso. E, digo mais, só há uma maneira de me libertar.

Ele não se conteve e insinuou:

— Talvez queira me contar, ou julga que não há segredos para mim?

— Nada do que é humano lhe é estranho, não foi essa a famosa frase? Sei muito bem que você conhece a resposta, mas não me custa dizer. Você só me abandonará quando eu escrever. Escrevendo me libertarei. Eis a solução.

Sua reação não poderia ter sido mais surpreendente. Limitou-se a abaixar as pestanas, numa espécie de cacoete que eu já notara antes; torceu as pontas do bigode, tocou com o dedo a verruga negra mal dissimulada sob os óculos e calmamente começou a falar.

— A tradição ensina e, pelo visto, você não a conhece. Fomos nós, eu e minha corte de fiéis seguidores, os inventores da arte da leitura e da escrita. Da mesma forma que descobrimos o fogo, construímos o primeiro moinho e a primeira carroça. E por que razão? Ou pensa que fizemos tudo isso por deleite? Por acaso já se perguntou por que me chamam de Astuto? Beócio foi uma invenção da sua parte, apenas mais um termo pejorativo que visa a minha desmoralização. Nenhum diabo é beócio, isso é sabido desde que o mundo é mundo.

— Quer dizer que inventou os meios para afastar o

homem de Deus?

— Não vá entender o que vou lhe dizer como lisonja. Você me interpreta, na maioria das vezes, erradamente. Mas, neste momento, o astuto é você. Sim, meu caro (ele sabia que eu detesto esse tipo de intimidade, e já estava me deixando irritado, chamando-me seguidamente de 'meu caro'), você — repetiu, com ênfase. — Na verdade, continuou, não tivemos outra razão que não essa para inventar tantas coisas. Mas isso foi há muito tempo, lá se vão milhares de anos, agora temos investimentos mais avançados. Até mesmo para poder acompanhar o desenvolvimento do homem, que se tornou mais sofisticado — concluiu.

— Não escapa a nenhum mortal que todas essas coisas, incluindo a psicanálise, foram invenções demoníacas — arrisquei.

— Como você quiser. No tocante à psicanálise, se não a inventamos, pelo menos estivemos presente em alguns momentos.

— Quais, exatamente?

— Sinto que você quer me conduzir através de um labirinto. Isso me diverte. Mas haverá uma saída para você, depois de tudo?

— Pare com as advertências e responda. Onde mesmo você ou seus discípulos se intrometeram nos primórdios da psicanálise?

— Estou autorizado a lhe revelar apenas dois, mais nada. Um deles foi quando Freud pretendeu curar histéricas, operando-lhes o nariz. Lembre-se, o cheiro. Desconhece que o fizemos esquecer dentro do nariz da infeliz uma gaze ensanguentada?

— E o outro? — perguntei impaciente.

— O outro — respondeu com indisfarçável satisfação —, foi durante uma conferência.

— Conferência?

— Isso mesmo. Eu pessoalmente dei-lhe uma rasteira numa conferência em Weimar, justamente no momento em que ia pronunciar sua palestra, diante da plateia. Ele caiu e foi carregado por Jung. Você não pode imaginar que bela cena! Jung, homenzarrão, carregando no colo o franzino pai da psicanálise...

Devo dizer-lhe que fui muito elogiado pelos meus superiores. Até hoje sou festejado por isso, e muito me orgulho.

25

Mais um dia sem sofrimento.

É bastante razoável que vocês estejam ansiosos para adivinhar o que eu quereria dizer com a epígrafe acima. Como descrever mais um dia sem sofrimento? Óbvio, nada misterioso. Apenas mais um dia dos poucos que consigo afastar-me do meu endoscópio para escrever. Não pensem que trabalhar me traz algum tipo de sofrimento. Não. Trabalho com prazer redobrado, a cada dia que passa. No entanto, passo agora o dia todo a escrever o diário. Como essa tarefa deverá ser a última coisa que realizo em vida, dá-me prazer ainda maior do que o trabalho diuturno. Dá-me a sensação da onipotência, da onisciência, de ser dono dos meus dias, das minhas horas e minutos, da minha verdade enfim. Enquanto escrevo, vou dilatando os meus dias, nada vazios, e vou preenchendo os espaços em branco, agora, para que este caderno se expanda, escrevo em letras cada vez mais minúsculas, tal qual Walser, o escritor suíço que morreu no meio da mata, na mais absoluta solidão, ao fugir do hospício onde viveu seus últimos anos. Comecei a escrever com uma pena de ganso. Para isso, saltei o muro da casa vizinha — a única casa do quarteirão, pois só há prédios por aqui — numa noite chuvosa e escura, à procura da tal pena de ganso. Não é preciso dizer mais nada, até onde me leva essa mania de querer realizar tudo o que vai pela minha cabeça nos mínimos detalhes. Então, resolvi que devia escrever com uma pena de ganso. Mas onde encontrar uma? Nas costas de um ganso, naturalmente. Foi a que meu raciocínio me conduziu. E, tal qual um larápio, vi-me na estranha contingência de saltar o muro e agarrar uma pena nas costas do ganso da vizinha. Simplesmente levei uma mordida, uma barulheira infernal e, por pouco, não me vi preso por uma ninharia. Finalmente, eis-me agora utilizando pena de ganso. Os primeiros parágrafos se desdobraram numa infinidade de páginas, tal o tamanho das letras. Logo, abandonei a pena e passei à caneta tinteiro, cujo traço no papel ainda é tão espesso que faz pouca diferença com o método anterior. Voltei ao lápis, às canetas esferográficas e, finalmente, encontrei uma tão leve que a letra ganhou uma uniformidade arrasadora e cada vez menor. Trabalho agora como se estivesse no barco liliputiano. Há dois dias uso uma lupa para escrever e, ouso dizer, ninguém, por melhor visão que tivesse, conseguiria ler o que escrevo a olho nu. Isso foi bom. Anunciou-se como uma vitória pessoal. Para que precisam as pessoas ler o que escrevo? Um mistério insondável. É bem o que me parece. E continuo, prazerosamente, a escrever o diário. Há dias deixei de me alimentar normalmente. O que isso significa? Vocês vão saber a seguir. Analiso o comportamento dos cupins — eles existem aos milhares no oco invisível da minha escrivaninha. Sei da existência sutil deles apenas pelo amontoado de poeira empilhada sob a forma de pirâmide debaixo do tampo da mesa. Sei que devoram a minha mesa, como quase devoraram a estante que, felizmente, foi desinfetada antes. A qualquer dia desabo com os cotovelos apoiados no vazio quando as galerias subterrâneas da mesa vierem abaixo. Nesse dia, espero eu, o diário estará concluído, e tudo o que acontecer daí em diante já não me importará. Mas volto aos alimentos. Como dizia, parei de me alimentar como antigamente. Hoje, só me alimento de ar, um pouco de água e, uma vez ou outra, meia bolacha de água e sal. Numa semana nesse regime e minha mão ficou tão leve quanto o lápis que empunho para escrever, e meus ossos apresentam a fragilidade de um osso de grilo, mas é o que me basta, é exatamente a força de que necessito para continuar a escrever. E os cupins?, vocês então se perguntam. Onde foi mesmo que os deixei? Claro, claro, com a lucidez que esta caixa de isopor, que é o que meu cérebro permite, utilizei a analogia dos cupins porque um cupim só come madeira e nunca vi um cupim maior do que o outro; são todos iguais, pequeninos vermes transparentes com as entranhas repletas de pó de madeira que digerem sem parar. Nenhum cupim morre de fome numa mesa velha. Essa é a razão, esse o aprendizado que me emprestaram. À velha carcaça basta um naco de bolacha, um copo d'água e a brisa.

Outro dia a empregada, certamente alarmada com meu estado físico, preparou-me uma sopa de tutano de boi. O cheiro já me deixou nauseado. Recusei agradecido e comovido com a preocupação dela.

— Ninguém vive muito tempo comendo alpiste — foi o que ela disse, enquanto eu, desanimado, contemplava o que, aos seus olhos, parecia um irresistível e suculento prato, a sopa de tutano.

Para minha defesa pessoal carrego agora um tacape, feito — eu supunha — de legítimo pau Brasil, oriundo de aldeia Ianomâmi. Descobri recentemente que é fabricado por um carpinteiro desempregado, num fundo de quintal no Macuco. De qualquer forma, é um tacape ou borduna, com a qual me defendo no trânsito.

26

Um dia como outro qualquer.

Hoje foi um dia como outro qualquer. Fui parado em três semáforos por desocupados. No primeiro, na avenida da praia, o sujeito abordou-me de maneira curiosa. Apontava-me o dedo indicador e o polegar em forma de pinça, fazendo uma cara de fuinha como se dissesse: "É só um tiquinho de conversa, um segundinho". Abri o vidro, mais por curiosidade do que por qualquer outra razão. Ele disse:

— Sou professor desempregado, preciso de grana.

E foi enfiando a mão pelo interior do carro, como se fosse pegar alguma coisa. Não tive dúvida, agarrei o tacape e dei-lhe uma bordoada no ombro direito, no exato momento em que ele tamborilava os dedos ensaiando enfiar a mão no meu bolso da camisa. Fechei o vidro e acelerei, deixando-o agachado na rua, segurando o ombro com a mão e falando alto no vácuo do automóvel. Pensei: "Bem feito, vagabundo!". No semáforo seguinte, o sinal fechado, abordou-me um velho, com a mão estendida, fingindo-se de louco. Fiz de conta que não o vi. De nada adiantou. Ele esmurrou o vidro. Tive de abrir. Fiz uma cara de alucinado e gritei alto e bom som: AU!AU!AU! Ele ficou paralisado, olhou-me como se tivesse visto uma aparição; estava cheio de pavor e, creio eu, superstição. Fechei o vidro e arranquei, contemplando-o pelo retrovisor. Durante uns bons 15 minutos não deve ter tido condições de reassumir a cara de falso doido. Eu já estava quase chegando à minha casa quando o último sinal se fechou. Parei. Lá vinha alguém pedindo alguma coisa. Dessa vez uma garota, com a cara pintada de vermelho e verde, acenou-me com simpático sorriso. Abri o vidro e ela pediu dinheiro; tratava-se de um pedágio.

— O que você quer? — eu disse.

— Algum dinheiro. Passei no vestibular.

— Qual a faculdade?

— Direito, vou ser advogada — respondeu.

Rapidamente abandonei o tacape no chão do carro e tirei uma moeda de dez centavos. Entreguei-a pensando: "Leva, nessa profissão não tem futuro nenhum". O sinal abriu e arranquei de novo. Estava na porta do meu prédio.

27

Dia da Bandeira (olhei pela janela e vi os soldados perfilados diante da estátua de Caxias).

Sei que andam dizendo por aí, à boca pequena, que sou louco. Pelo menos dizem alguma coisa a meu respeito. Na verdade, há muitos loucos, verdadeiramente insanos, soltos por aí. Uma pessoa me procurou para dizer que a única forma de o homem explicar o homem é pela lógica. Pela lógica isso, pela lógica aquilo e assim por diante. Fiquei boquiaberto. Não podia imaginar uma coisa dessas no final do século. A lógica! A pessoa em questão procura desesperadamente a lógica das coisas. Então será isso possível? Será possível que haja alguma lógica no menor ato da existência? Qual a lógica para explicar o simples volteio da mosca sobre o pires manchado de açúcar? Que lógica justificaria a pena de morte ou a violência sexual contra uma criaturinha indefesa, uma criança? Eles — os que procuram a lógica até na cor do pudim sobre a mesa — estarão condenados ao fogo perpétuo da ignorância das coisas e da incompreensão. Não há — nunca haverá! — lógica nenhuma nos menores atos da vida humana. Ou isso é verdade incontestável, ou estou irremediavelmente ensandecido, como querem meus detratores. Não posso admitir que o esteja. Ou estou? Ponho-me, nestes últimos tempos, a pensar como aquele personagem que exclama: "Se pelo menos me chamassem de preguiçoso!" Isso sim, já seria um qualificativo. Mas me chamam de louco. Sei que para eles estarei sempre louco. E rio. Sabem por quê? Pelo simples fato de que sei a verdade. A única e incontestável verdade. Ou saberei logo mais. Tão logo me decida pela corda ou pelo tiro no peito. Quero ver então a cara deles.

28

Outro dia qualquer de novembro.

Saí para me divertir. Imagine só! Acabei num velório. O velório da Santa Casa (o meu preferido). Como não havia mais nada a fazer, resolvi dar uma olhada. Havia 4 ou 5 defuntos sendo velados. Olhei um por um à procura de conhecidos. Ninguém. Deduzi, pelo número de pessoas presentes, que um deles deveria ser eminente figurão. Minha conclusão veio da constatação do número exagerado de pessoas com trajes ostensivos, requintados. Reparei também que as pessoas riam e conversavam alto. O burburinho era tamanho que dificultava a compreensão do que se dizia. Abraços fortes e ruidosos eram trocados entre os amigos do morto. Parecia uma festa de reconciliação. Um garçom, vestido a caráter, despontou numa porta e começou a distribuir copinhos de plástico, dentro dos quais imaginei haver café para manter as pessoas alertas durante o velório. Para minha surpresa, era bebida alcoólica fina. Peguei, cheirei longamente, beberiquei para saber do que se tratava, diferentemente das outras pessoas que tomavam aquilo de um gole só, como profissionais. Recebi meia dúzia de abraços efusivos, de pessoas desconhecidas, e me safei de fininho. No outro velório, uma garota chorava, esfregando a mão no rosto apaziguado do defunto. Duas mulheres de olhar piedoso benzeram-se quando me aproximei do caixão e coloquei brandamente a minha mão direita sobre a testa do morto. Depois disso, eu próprio me benzi, sem olhar para as poucas pessoas em volta. Estava com uma fome dos diabos e resolvi comer um sanduíche na cantina em frente. Estava repleta de pessoas animadas, comendo, bebendo e rindo muito. Aproveitei para tomar um gole de branquinha, fingindo apreciá-la, só para dissimular a minha estranheza e parecer popular. Depois saí sem comer o sanduíche que me pareceu de mau aspecto. É certo que eu estava me divertindo. Resolvi acompanhar o velório do figurão. Meti o meu fusca na fila de limusines e lá fui eu dar adeus àquele ilustre personagem. No cemitério, as coisas se passaram de forma bastante original. Caminhei bem atrás do séquito dos puxa-alças. Eles se revezavam no pesado mister. Ninguém suportava segurar na alça do caixão por mais de 2 minutos. Eu próprio pude comprovar esse fato ao oferecer minha mão à alça quando vislumbrei desespero num respeitável senhor que me olhou com ar feroz. Peguei na alça durante menos de meio minuto, quando fui empurrado por um barbicha muito atrevido e impaciente. O defunto era mesmo pesado, mas havia naqueles circundantes uma necessidade anormal de se revezarem nas alças do caixão. Permaneci anonimamente entre os últimos que se aglomeravam em volta do insepulto — agora já devidamente colocado à beira da sepultura. Um padre irritadiço fez uma rápida oração, algumas pessoas assuaram os narizes, entreolharam-se felizes e o caixão baixou à sepultura, sem mais delongas.

Faço aqui um parêntese para lhes contar um detalhe ocorrido minutos antes que o caixão chegasse ao fundo da cova. De repente, reparei num senhor de porte elegante, cheio de empáfia, desde o início abraçado à também elegante senhora que supus ser a viúva. Num segundo ele passou do riso complacente, dissimulado em piedade, para uma contorção facial que me impressionou. De súbito teve as faces contorcidas num esgar que poucos perceberam ou fingiram não perceber. Era uma careta autêntica, tão convincente que pensei que o homem teria ali mesmo uma síncope ou coisa que o valha. Sua face primeiro se tingiu de vermelho, depois os olhos ficaram injetados e a boca fremia de contração incontrolável. Rapidamente ele se desvencilhou da viúva, no exato momento em que o caixão era baixado pelas cordas. De tal forma que sua ausência mal foi notada. Pensei cá com meus botões: "O homem vai ter um ataque de apoplexia". Ele se dirigiu em passos miúdos e rápidos para o portão de saída do cemitério. Subitamente estacou e, depois de dirigir olhares furtivos para onde se aglomerava a multidão, voltou-se em direção a um grosso cipreste que ensombrava o muro. Nesse momento, achei que deveria intervir, talvez fosse um ataque cardíaco, uma cólica de fígado, e eu poderia ajudar. Dei duas passadas em direção ao cipreste e o que vi? Lá estava o coitado, agachado sobre os calcanhares, na clássica posição, agarrado bravamente a um galho do cipreste. Urrava entredentes, enquanto se livrava do peso que o atormentava e o tirara às pressas do velório. Olhou-me com o ódio natural das pessoas flagradas nessas circunstâncias e já se levantava para vestir as calças quando decidi voltar minha atenção para o velório. Tudo isso ocorreu de maneira tão rápida e imprevista que o medalhão retornou e se meteu no meio da multidão, quando ainda os últimos buquês de rosas misturadas com os primeiros torrões de terra começavam a cobrir a tampa do caixão.

Esclarecido esse pequeno incidente do velório, volto ao relato propriamente dito. Reparei, sobre a lápide em que estava sentado, um guaraná pela metade e um cachorro-quente no qual alguém dera apenas uma mordida. Fiquei tentado a dar cabo daquela refeição mal começada e o teria feito, não fosse o olhar de ódio que me remeteu um mendigo adivinhando em mim as suas próprias intenções. O mendigo, mais rápido e, certamente mais esfomeado do que eu, passou a mão na matula e se escafedeu por entre as lápides, provavelmente à procura de restos no outro sepultamento que se iniciava mais adiante.

As pessoas foram se afastando lentamente do túmulo. Nem bem o coveiro tinha dado as primeiras pás de cimento fechando a laje, e o pobre coitado lá estava abandonado, por assim dizer, à própria sorte. Foi então que me pus a meditar cá com meus botões sobre o significado daquilo tudo. Eu pensava que havia crueldade naquelas pessoas, em muitas das quais adivinhei pensamentos assim: "Lá se foi o miserável! Já vai tarde! Agora vamos nos locupletar com o que resta da sua fortuna". Ou ainda: "Graças ao bom Deus, ficamos livres do canalha. Que grande alívio!" Eu estava nessa rota quando me dei conta de que os defuntos das lajes próximas, inclusive aquele sobre o qual eu estava sentado, conversavam entre si com frases absolutamente nítidas. Um deles exclamou: "Viu quem chegou hoje?" E, ao que pude deduzir, um defunto obeso, na lápide vizinha, respondeu: "Esse já o esperávamos faz um bom tempo.

Não perdeu coisa alguma do lado de lá, pois ninguém se queixou." Outro interveio: "Deve ficar desacordado pelo menos quatro meses. Essa é a regra. Quando começar a sentir o cheiro da carne desfeita, acorda e vem fazer parte da nossa roda. Por falar nisso, quem começa o jogo hoje e onde foi mesmo que paramos?" Outro, de voz esganiçada, retrucou: "Esse aí bem que poderia acordar logo e o teríamos como um bom parceiro. Conheci-o em vida, era um grande trapaceiro e fez fortuna. Certamente seria muito interessante conhecer suas malandragens." O primeiro, em resposta, filosofou: "Era um trapaceiro no jogo, mas um bom companheiro. Não merecia a corja que o acompanhou até aqui na última morada." Outro, a quem chamavam de "Corcundinha" — soube depois que, em vida, fora frentista em posto de gasolina —, pareceu-me ser o mais compenetrado de todos; argumentou: "Era um bom sujeito. É bom que acorde logo. Vamos dar a ele uma recepção digna. Era trapaceiro, como sabemos, mas grande caráter." Eu me espantava que aquele homem recém-sepultado, que fora, segundo entendi, mas, em todo caso, posso estar equivocado em meu julgamento, que fora malquisto em vida, para o qual havia um bando de abutres a festejar-lhe o passamento, tivesse aquela recepção, digamos assim, calorosa sob a terra. De súbito compreendi então o pensamento daquele autor, do qual já não lembro o nome: "O mal é o estado natural do homem." Finalmente compreendi. Finalmente eu alcançava a verdade verdadeira. Eu ia indeciso e confuso por esse caminho quando passei inadvertidamente a mão sobre a laje onde havia escorrido a mostarda. Ela exalou o cheiro forte e típico de toda mostarda, ao qual tenho uma alergia inconcebível, e, ato contínuo, disparei um tremendo espirro. No mesmo instante as vozes se calaram, as lápides ficaram, por assim dizer, num silêncio sepulcral e, por mais que eu colocasse os meus ouvidos atentos à disposição daqueles diálogos de além-túmulo, não escutei nem mais um muxoxo sequer. Quis entreabrir a lápide numa greta, a tal sobre a qual eu me sentara, senti um cheiro nauseabundo e espirrei de novo. Achei que era hora de retornar à casa e escrever mais uma página do diário. Relatar criteriosamente o que havia me ocorrido naquela tarde, já era uma missão e tanto. Na saída do cemitério, ainda pude divisar o mendigo arrumando farrapos para se aninhar sob os frondosos ciprestes.

29

Voltei para casa ainda com as lembranças das estranhas vivências do velório e me pus a refletir sobre o significado de tudo isso. Aí vieram lembranças que eu pensava desaparecidas. A mais viva delas. A mais inesquecível das minhas viagens.

Vocês hão de me perdoar mais essa digressão inoportuna. A viagem tem uma origem, e é preciso que ela (a origem) seja esclarecida. Lembrei-me, àquela época, de que das vezes em que viajei à Rússia, jamais o fizera só. Estava sempre acompanhado. Ora de uma beldade esguia como um gato siamês. (Esta foi uma aventura privada e voltarei a ela mais tarde, se vocês me permitirem ou o tempo que ainda me resta sobre a terra me bastar). De outra feita, estive junto a uma súcia de pessoas estranhas e inadequadas.

Gente estouvada que vivia bêbada. A um deles presenciei um ato indigno em Moscou, em plena Praça Vermelha, aos pés do mausoléu de Lênin. Dei-lhe com meu bordão no ombro, antes que ele arriasse as calças e continuasse com a sua falta de pudor. Saiu dando risada, aos trambolhões, em direção ao Hotel Rússia, que à época ainda não fora demolido. Um desacato! Um desrespeito com a história e a solenidade do monumento. A isso se resume aquilo que considerei destaque entre as mil patranhas em que essa gente se meteu. Uma autêntica sandice. Ainda assim tenho boas lembranças, apesar de que, durante toda a viagem, estive atrelado a essa gente infame! Pensei então com meus botões: vou à Rússia, sozinho! Dito e feito. Ao chegar lá — fui direto a Moscou — antes, porém, um parêntese: (na ida, permaneci quinze dias em Frankfurt frequentando aulas de inglês, dadas por um irlandês de sobrenome O'Coorno, ou coisa que o valha). Não tenho nenhuma lembrança interessante desse breve interregno na Alemanha. A única recordação marcante é que procurava andar com cuidado pelas calçadas escorregadias, finamente recobertas por uma película de gelo — o inverno mal havia começado. Pensei em comprar uma bicicleta; finalmente aluguei uma. Tive três ou quatro quedas e discuti longamente com o alemão, reivindicando uma possível indenização. Alemães, em geral, são pessoas estúpidas e mesquinhas. O dono das bicicletas gritou um impropério qualquer e fez rodar o dedo indicador em torno da orelha, insinuando que faltava algum parafuso na minha cabeça. Ultrajante! (Não falo com cães e nunca ouvi conversa entre cadelinhas.). Mas vamos ao que verdadeiramente interessa — logo de início ocorreu um pequeno incidente. Vamos tentar seguir o relato. Cheguei ao aeroporto Sheremetyevo, em Moscou, por volta das onze da noite. Depois de pegar minha bagagem, entrei na fila de desembarque com o passaporte na mão. Eu era o quarto ou quinto da fila. Apresentei o passaporte para uma policial obesa, abrindo-lhe um sorriso amistoso e lhe falei em russo:

— *Dobre Din* (bom dia). Naquele momento não sabia ao certo se deveria dizer *dobre din* ou *dobre utra*; enfim é tudo a mesma coisa. Ela pegou meu passaporte, sem nem ao menos resvalar o olhar na minha direção. Devolveu-o num gesto brusco e arrebatado e gritou qualquer coisa, depois de mastigar uma algaravia de palavras das quais não entendi patavina. Só consegui traduzir "fora! para trás!", apenas isso. Engasguei com a saliva que vinha acumulando, na tentativa de falar mais alguma coisa em russo e respondi meio automático:

— Dá, dá, dá! (Sim, sim, sim!). Não precisa bater, pensei.

Dei um salto para trás e me pus a olhar os outros passageiros passarem à minha frente. Depois de alguns minutos resolvi tentar de novo. Mais uma vez ela me repeliu, expulsando-me da fila. Desta vez bateu com violência o dedo indicador no mostrador do próprio relógio e repetia:

— Iz! Iz! Yeabt´proch´! (Fora!).

Mais uma vez pulei para trás da faixa amarela, pensando cá com os meus botões: "não gostou da minha cara". Passei em revista meu traje amassado pela longa viagem; arrumei os óculos, que estavam meio dependurados; alisei os cabelos desgrenhados, imaginando com isso adquirir uma aparência mais humana; ajeitei a bagagem de mão e estava nesse ponto quando senti um toque feminino sobre o meu braço direito. Olhei e era uma linda russa que falou comigo em francês:

— Ela disse que o seu visto começa à meia-noite, ainda faltam 5 minutos. Quando o relógio marcar meia-noite você pode se aproximar e passar. Fez um gesto de ombro e um olhar irônico como se dissesse "é assim que as coisas funcionam por aqui". Abriu-se num sorriso generoso e foi mostrar o seu próprio passaporte. Depois de pegar o carimbo ainda me contemplou uma última vez dizendo:

— Viens, Viens, c´est à toi, maintenant!

Eu queria me desembaraçar logo dali e correr para agradecer à bela russa, mas a vi passar um portão e, quando cheguei lá fora, nenhum sinal da musa salvadora. Remarquei bem que ela me chamou de *você* e não de *senhor*. Faz muita diferença. Ao me livrar da policial dei tratos à bola para o transtorno que havia acometido minha chegada à Rússia. Meu Deus! — pensei. Como explicar o fato de eu não haver entendido a peroração da policial em russo? Teria sido mesmo em russo, o que ela dissera? "Fora!", "Fora!" eu entendera perfeitamente, mas o que veio depois parecia mais um resmungo em voz alta por alguém com a boca cheia de pedras. Aqui devo introduzir uma explicação: a pessoa que me acompanhara numa dessas viagens reclamava em altos brados, em qualquer situação em que eu era solicitado a me comunicar em russo, quer fosse numa tabacaria, na fila do pão, num restaurante, no hotel, num guichê.

— Quero que você me explique o que aprendeu durante dois anos estudando russo com aquela bailarina em São Paulo!

Embora eu considerasse essa afirmativa curiosa, eu não conseguia me lembrar da tal bailarina e argumentava:

— Se não posso me lembrar da bailarina, como posso me lembrar do que ela me ensinava? Com isso dava na cabeça dela.

— Pelo visto a única coisa que você aprendeu em russo foi dizer "alô — que, em russo, pronuncia-se "aliô".

Eu sabia que havia algo estranho nessa história, mas

naquela época minha memória havia se tornado bastante seletiva. Por exemplo: eu não me esquecia de como utilizar meu endoscópio, mas era incapaz de encontrá-lo quando precisava.

30

Deixemos de lado essas esquisitices e vamos direto ao ponto. Eu dava silenciosas gargalhadas à simples constatação de estar de novo na Rússia. E pensava: agora estou sozinho, na Rússia dos czares, de Napoleão, de Stravinski, Lermontov e os outros. Decidi apagar do meu pensamento o aborrecimento da minha chegada ao aeroporto e abrir a alma para tudo que pudesse contemplar de novo. Pela primeira vez eu viajava como quem chega a um lar durante muito tempo abandonado. Eu não era um turista, nem mesmo um simples viajante. Eu era um russo. Eu estava de volta à casa. Queria adotar todos os hábitos, queria me meter no meio da multidão. Na medida do possível só queria falar a língua nativa, comer da mesma comida — com apenas uma ou outra restrição. De início não me preocupei com museus. Claro, eu não deixaria de visitar a Galeria Tretyakov, o museu Tolstói, além do museu de Belas Artes Pushkin. De imediato tinha outras preocupações. Isso pode parecer uma aberração. Mas fiz coisas bastante interessantes. Hospedei-me mais uma vez no Hotel Rússia. O taxista me levou até a entrada do hotel. Fazia um frio polar. Minha mala era uma extravagância de peso. Não consigo entender até hoje porque minha mala estava abarrotada de livros. Eu não conseguia me separar dos meus livros. Levei dezenas deles. Na certa pensando em ler durante a viagem, durante a estadia. Não me ocorreu que eu mal teria tempo de ler uma página sequer. Em todo caso é sempre bom ter consigo os livros que mais lhe interessam. Pelo menos nesse ponto fui coerente. Acertei com o porteiro os documentos e o apartamento; ele me indicou a porta de saída como sendo a direção do meu alojamento. A mesma pela qual eu acabara de entrar, escapando de um frio de trinta graus negativos na rua. Tudo muito estranho. O acesso para o meu apartamento era a porta da rua? Não! Devia haver um mal entendido. Voltei em direção ao funcionário e lhe disse em francês:

— Monsenhor, monsenhor, sil vouz plâit. Qual é mesmo o caminho para o apartamento? — perguntei, deixando transparecer impaciência na voz.

— O senhor carregue a bagagem e dê a volta no hotel. A entrada do seu apartamento fica do outro lado — respondeu e já se virou, aparentemente procurando uma ficha sob o balcão. Outro funcionário, baixinho, com um bigode de Charlie Chaplin, abaixou ligeiramente a cabeça e me contemplou com um mal disfarçado ar de ironia por sobre os óculos. Não sei por que, mas me ocorreu que ele bem poderia ser um desses homenzinhos terríveis do exército do Pará*.

Arrastei a tonelada e meia dos meus livros até a porta e vi a neve fazer redemoinhos no escuro da noite. Não

---

* Alusão à truculência com que se notabilizou a ação da Polícia do Pará, Estado situado na Amazônia brasileira, onde camponeses sem-terra, indígenas e fazendeiros disputam a posse e propriedade das terras. Tornou-se emblemático da bárbara atuação da Polícia do Pará nesses conflitos o episódio conhecido como "O Massacre de Eldorado dos Carajás", ocorrido no dia 17 de abril de 1996, no município de Eldorado dos Carajás, quando pelo menos dez campones sem-terra indefesos foram executados à queima-roupa e sete foram mortos por instrumentos cortantes, como foices e facões. (N. do E.)

chegarei vivo até lá, pensei, de dentro da minha infelicidade.

Conto essa parte para não parecer que minha viagem foi apenas alegria, por mais que respeite e ame de verdade o povo russo, confesso que tive que passar por isso para dissipar um pouco a fantasia. Resumindo: tive que botar toda a minha força física e minha força de vontade para arrastar aquela mala até a entrada definitiva do meu apartamento. Andei duzentos metros sob a neve zunindo nos meus ouvidos. Nunca pude imaginar que se pode suar debaixo de tal temperatura. Juro que suava, e as gotas de suor se transformavam imediatamente em pingos de gelo grudados na minha face. Quando cheguei do outro lado, as pessoas me olharam espantadas. Com certeza eu aparentava alguma coisa como um espectro congelado, a balbuciar palavras incompreensíveis. Não me perguntem como consegui chegar até o apartamento e de como caí na cama e adormeci de imediato. Mas não pensem que dormi como um anjo, a noite inteira. Lá pelas tantas, o telefone tocou e comecei a entender que provavelmente não teria paz, enquanto estivesse na Rússia. Nada mais equivocado, como vou lhes contar mais tarde. O telefone tocou e era a voz de uma mulher falando em francês se eu não precisava de uma companhia agradável. (Eu estava desconfiado porque as pessoas se dirigiam a mim em francês. Ora, onde estão os Russos? Eis uma questão para ser resolvida mais tarde. Por ora vou me ater ao telefonema). Entendi de imediato. Não fui grosseiro, nem tampouco libertino. Agradeci comovido e voltei a pegar no sono. Menos de meia hora depois outra voz feminina a oferecer seus favores. Parece que as mulheres não dormem no maldito hotel! Mais uma vez agradeci e finalmente pude adormecer.

31

No dia seguinte, para minha surpresa, o dia amanheceu limpo, quase sem nuvens e nenhum sinal de neve pelo ar, apenas os montículos acumulados durante a noite brilhavam sob um tímido sol que começava a despontar. Isso não deve durar, pensei cá com meus botões. Tomei uma ducha rápida e me preparei para sair. Dei uma passada na cafeteria. O cheiro nauseabundo de repolho e carne defumada me expulsou imediatamente do lugar. Jamais me alimento de repolho cozido no café da manhã. Mas precisava comer alguma coisa, pois quem leva os pés são as tripas, e tinha muito que caminhar naquele dia. "Vou comer um cachorro-quente na rua e tomo um café". Como são insuportáveis os cafés da manhã nos hotéis da Rússia! Três ou quatro tipos diferentes de macarrão; muito ovo, bacon, repolho em abundância, carne defumada, esturjão ensopado, defumado, e até desossado. Enfim, um grande almoço na hora do café! Não pensem que já me levantei azedo. Pelo contrário, eu estava só e queria viver a experiência. Poucas vezes me senti tão livre; minha felicidade transbordante tangenciava a insanidade.

Saí a andar sem rumo. Vagava pelas praças como um sacerdote que caminha para a consagração: circunspecto; encolhido por causa do frio. Definia um trajeto como se tudo fosse muito familiar; e seguia em frente. Meu destino era lugar nenhum. O ar gelado endurecia a minha barba e bigodes. Meu casacão parecia de brincadeira. Não havia nenhuma evidência de que eu sairia incólume daquela aventura. Na primeira esquina havia um malandro vendendo bonés russos, peludos. Era tudo de que precisava. Paguei uma ninharia em rublos e coloquei o chapéu. Deu para perceber que era feito de pelo artificial, mas consegui proteger o alto da cabeça e principalmente as orelhas. Estava convencido de que minhas orelhas ficariam congeladas e se quebrariam ao primeiro toque dos meus dedos. Eu era agora quase um russo. Parti em direção à Praça Vermelha. Era o exato momento da troca de guardas diante do túmulo de Lênin. Não havia ninguém para assistir a essa cena grandiosa. Apenas eu e o meu boné. Tive dúvidas se deveria retirar o boné da cabeça. Poderia parecer desacato. Levantei a mão para cumprir essa intenção, mas a ideia do frio foi mais forte e me arranquei dali em direção à Catedral de São Basílio. Uma maravilha! Estava fechada. Saí andando, cada vez mais sem rumo, passei em frente ao Magazine Gum e quis entrar para ver o corpo de Nadezhda, a mulher de Stalin exposta ali depois de ter cometido suicídio. Na verdade, oficialmente declarada morta por apendicite, mas médicos do mundo inteiro e os dois que examinaram a defunta sabiam que ela deu um tiro no peito. Os dois colegas que se recusaram a apoiar a farsa foram cuidadosamente executados. Pouco depois me lembrei de que tudo aconteceu nos anos 1930 e, portanto, era pouco provável encontrar ali o corpo da pobre mulher. (Mais tarde fui visitá-la no cemitério Novodevichy e me escandalizei ao perceber que vândalos haviam amputado o nariz da infeliz senhora — na verdade fui até o cemitério para ver dois outros escritores para os quais faço reverência a vida toda: Thekhov e Gógol; mas como ambos se tornaram vizinhos de Mayakovsky, Nikita Khrushchev, Dmitri Shostakovitch e Raissa Gorbachov, rendi também minha singela homenagem a todos eles — que descansem em paz!). Por outro lado, não dava para ver nada através das vitrines congeladas e opacas. Peguei a Tverskaya e andei sem ver ninguém. Por um momento — aqui abro minha alma ao público, com esta confissão — tive a sensação (digo sensação por oportunismo, sinceramente deveria dizer vi; diria se tivesse certeza), portanto, tive a sensação de ver um porco voando sobre a praça. Não havia pessoas. Ninguém é maluco de se aventurar por essas ruas numa manhã gélida como essa. Fazia trinta negativos, foi o que imaginei. O sol que ameaçara despontar de manhã desaparecera como por encanto e a neve continuava a cair sem piedade. Vi uma luz diáfana filtrada através de uma vidraça e entrei num café. Acabaria congelado se não o tivesse feito. Um russo tomava um copo de vodka no balcão. Pedi uma dose dupla. Tomei-a de um único gole. Fiquei ali parado, esfregando as mãos enquanto imaginava um jeito de andar e sobreviver no inverno em Moscou. Num segundo me veio uma ideia luminosa. O metrô! Vocês sabem que o metrô de Moscou é uma obra de arte. Pronto! Mataria dois coelhos. Visitaria o metrô — que era aquecido — e iria onde bem entendesse, sem padecer as agruras daquele frio colossal. Dito e feito; voltei pelo mesmo caminho que fizera antes até chegar à entrada da estação de metrô Kitay Gorod, na esquina do hotel. Agora sim, eu tinha um objetivo concreto: visitar o museu Dostoiévski, ao norte de Moscou. Algumas estações a mais, e lá estava eu no outro extremo da cidade. Desci na estação Meendelevskaya, sozinho. Subi a escadaria e me dirigi a um quiosque. Havia umas cinco pessoas na fila comprando bandejas de repolho cozido, bananas, café e cerveja. Comprei uma cerveja Báltica número três, com teor alcoólico próximo ao dos vinhos e comecei a bebericar ali mesmo, enquanto percorria com o olhar os arredores da estação à procura de uma indicação. Dei de cara com a placa afixada num canto de parede, indicando o nome da rua: Novoslobodskaya Ulitsa (rua Novoslobodskaya). Rua larga, mais parecendo uma avenida. Tirei o papel amassado do bolso com um mapa que eu mesmo havia construído. Peguei à esquerda, uns duzentos metros e vi a outra placa, na rua perpendicular: Palikha Ulitsa. Era só seguir em frente. Ela continua, depois da segunda quadra, como Ulitsa Dostoievskogo, ou seja, rua Dostoiévski. Pois foi essa a rua que peguei. Andei talvez mais uns duzentos metros e deparei, no final da rua, com o edifício do Hospital Marinski, onde o pai do escritor havia trabalhado, onde o próprio Dostoiévski nascera e vivera os seus primeiros anos de vida. Entro, e que vejo? Uma gigantesca estátua no meio do jardim. Dostoiévski está ali, imobilizado no mármore; reconheci-o de imediato.

32

Um médico subia a escadaria que dava acesso ao hospital. Chamei-o. Em duas palavras me indicou a entrada do museu; o que me pareceu uma edícula e ficava na lateral do jardim. Era ali.

Entrei no museu com a solenidade que o momento exigia. Retirei o boné da cabeça e me dirigi circunspecto à bilheteria. Fui atendido por uma senhora muito idosa, que me estendeu o bilhete de entrada e recolheu o dinheiro, sem dizer uma única palavra. Foi botar os pés na sala dos Dostoiévskis e as esquisitices começaram. O chão de assoalho mal cuidado rangia sob meus passos. O ruído me incomodava. Parecia evocar fantasmas há muito tempo adormecidos. Na certa incomodaria outras pessoas, caso houvesse ali alguém além de mim. De tal forma que passei a dar respeitosas passadas como quem caminha sobre a neve: pé ante pé, e assim seguia adiante. Numa dessas lentas passadas, com o assoalho inapelavelmente rangendo sob meus pés, como se reclamasse ao ser pisoteado, um maciço candelabro de ferro caiu da mesa onde ocupava o centro. Um autêntico efeito sobrenatural e barulhento. O barulho provocado pela queda atraiu a atenção de uma russa raivosa. De nada adiantou explicar que eu não havia nem ao menos chegado perto da mesinha onde o candelabro descansava desde o século XIX! Ela pegou o castiçal do chão, colocou-o de novo no lugar e saiu pisando duro, não se importando minimamente com o ruído escandaloso dos seus passos. Não tive dúvidas de que a queda do castiçal fora uma saudação do defunto Dostoiévski ao visitante que viera de tão longe. Mas a velha guardiã do museu jamais aceitaria tal explicação. Dei-me por vencido e me pus a perambular pelos aposentos. Estive no quarto das crianças e contemplei os brinquedos com os quais os dois irmãos Dostoiévski brincavam. Não pude ver Mikhail, o irmão mais velho, mas quando olhei de relance para o pequeno corredor, lá estava Dostoiévski garoto pedalando o triciclo. Tive ímpetos de correr atrás e avisá-lo do perigo que corria ao dirigir assim o seu veículo, olhando para trás. Ele tinha um belo sorriso estampado no rosto. Pensei que me desafiava e me dirigi rapidamente, em sua direção, quando ele dobrou à esquerda e desapareceu. Não me abalei e atribui tudo ao meu estado febril durante a visita ao museu. Ainda tive ânimo para contemplar um grande quadro de Dostoiévski pendurado ao lado duma escrivaninha no meio de um quarto que simulava o escritório do escritor de forma bastante inverossímil. Ele era apenas um adolescente quando abandonou Moscou e foi estudar engenharia no colégio militar de São Petersburgo. De qualquer forma era uma evocação. Vi dentro de uma campânula a caneta com a qual teria escrito *Os Irmãos Karamázov* — depois vi a mesma caneta em pelo menos três outros museus. Uma estante com livros, os retratos da mãe e do pai, o quarto de dormir dos pais e pouca coisa mais. Confesso que fiquei um tanto decepcionado com a indigência das lembranças reunidas ali. Estava consternado e ao mesmo tempo frustrado. Era como se o próprio Dostoiévski estivesse pairando decepcionado sobre a casa da sua infância e quisesse, de algum modo, mostrar-se presente aos visitantes, escapando assim do seu mundo invisível e impenetrável. Abandonei o museu e me dirigi ao jardim, ao pé da bela estátua. Dei a volta em torno dela atolado na neve até os joelhos. Fiz uma reverência silenciosa e procurei sair dali em passadas rápidas, procurando me proteger do congelamento certo, que viria em poucos minutos se eu permanecesse imóvel naquele lugar.

33

De volta ao hotel tive algumas surpresas. O diabo, que é

sutil e manhoso, introduziu uma jovem mulher no elevador, no exato momento em que a porta ia se fechar. Fiquei com a impressão de que ela se plantara de tocaia à espera do primeiro que entrasse sozinho. Sem subterfúgios me abordou:

— Do you speak english?

— Dá [sim] — respondi em russo.

— Are you from? — ela continuou, num inglês impecável.

— Brasil — eu disse, em bom português.

— Brasil! — ela fingiu um autêntico espanto.

O elevador parou no meu andar. A porta se abriu. Eu ia dizendo adeusinho; para minha surpresa ela também desceu e me acompanhou até a porta do meu apartamento. Assim mesmo, sem a menor cerimônia, como se tivesse feito isso a vida toda.

— May I? — ela perguntou com um ar de tamanha ingenuidade que tive ímpetos de pegá-la no colo.

Eu sabia que era mais uma dessas conhecidas artimanhas do demônio, mas não tive forças para refutá-lo e ela entrou e fechei a porta atrás de nós.

E o que fiz eu, Senhor, dali em diante? Nada de que me envergonhasse depois. Até porque os remédios com os quais alguns de meus colegas no Brasil insistiram que eu tomasse, pelo menos enquanto durasse a viagem, transformaram-me num ser quase inanimado — se vocês podem me entender.

— Sente aqui, criatura de Deus, e me fale da sua vida.

— O senhor é mesmo do Brasil? E onde aprendeu russo dessa forma?

Fiquei sem saber se "dessa forma" era elogio ou

recriminação. Mas não perdi tempo em explicações. Não vi nenhum interesse em falar da bailarina que vivera na Rússia e que morava em São Paulo. Eu queria ouvi-la. Apenas isso.

Enquanto ela falava, eu a observava atentamente. Não devia ter mais do que 26 anos. Tinha a pele tão clara que se tomasse uma taça de tinto poder-se-ia ver o vinho escorrer por sua garganta. Dentes magníficos e olhos cor de esmeralda. Meu Deus! É o horror! O horror! — pensei, como um personagem de Conrad. Ela arriou um pouquinho a manga direita da blusa, de modo a mostrar o ombro pálido e a parte superior do seio.

— Veio a passeio ou a negócio? — interrompeu assim minha contemplação.

— Nem uma coisa, nem outra — eu disse. — Vim para estar sozinho na Rússia.

Percebi que ficou ereta e entrincheirou-se por trás de um olhar defensivo. No seu semblante havia agora um pertinente ponto de interrogação, enquanto aguardava que eu prosseguisse.

Não pensem que eu fosse ingênuo, a ponto de não entender a motivação daquela visita inesperada. Quem deixaria de admitir que a solidão gelada da imensa Rússia — no caso, do imenso Hotel Rússia, em Moscou —, a solidão incorrigível, a companhia agradável daquela bela mulher ao meu lado, não despertasse em mim sentimentos contraditórios, para dizer o mínimo. Senti que um romantismo há muito tempo sepultado em meu coração estava a ponto de renascer. Volto a esse ponto mais tarde, mas antes vou lhes contar uma pequena história a respeito do amor romântico. Aconteceu comigo, na minha juventude em Paris, quando me engracei com uma beldade e com ela vivi como num filme inspirado num romance de Scott Fitzgerald. Deixo, portanto, por um instante a menina donzela na tentativa de exercer seu ofício no meu pequeno apartamento do hotel Rússia, para mostrar-lhes o poema que compus alguns anos depois de voltar ao Brasil para exercer minha especialidade de endoscopista. Tudo se passou no começo dos anos 1980. Desta vez apenas um episódio, uma pequenina aventura. Vamos ao relato.

34

Setembro em Paris.

Em setembro, a temperatura caiu abruptamente pelos lados do parque Mont´Souris. Eu olhava através da janela e via as pessoas caminharem apressadas pelas trilhas do parque. Era de manhã. Eu estava acordado desde a madrugada, acometido de insônia, ruminando ideias para conseguir algum dinheiro extra. Não tínhamos nem mesmo o suficiente para as despesas daquele mês. Havíamos cometido excessos, sem nos precaver. Viagens desnecessárias. Puro entusiasmo infantil, beirando a irresponsabilidade. Eu tinha uma última nota de 20 dólares. Precisava trocá-la em algum lugar onde o câmbio fosse mais favorável. Não poderia fazê-lo no Quartier Latin, onde as casas de câmbio se especializaram em esfolar incautos. Apanhei o metrô e fui até a avenida George V, ao Banco do Brasil. Entrei na pequena fila e fiquei aguardando a minha vez. Um senhor, de uns 80 anos, estava na minha frente, pegou um pacote tão grande de dinheiro que mal cabia no bolso interno do seu paletó, calculei em torno de 20.000 francos. Eu e os meus míseros 20 dólares! Para que serviriam aqueles 20 dólares? — aproximadamente 80 francos — eram meus cálculos. O homem pegou seu pacote de dinheiro e saiu pela porta, tranquilamente, como se fosse a coisa mais natural do mundo carregar uma montanha de dinheiro como aquela. Apanhei meus oitenta francos e saí andando também, sem ter a menor ideia aonde ir. Então me ocorreu uma ideia maléfica. E se eu desse um empurrão no velho e roubasse a dinheirama que ele havia sacado do banco? Comecei a segui-lo pela Avenida Champs Élysées, pensando. "O que pode me impedir de cometer esse delito? O que essa criatura vai fazer com tanto dinheiro? Basta um empurrão, quando ele estiver oculto pelas árvores das Tulherias*, ele cai, simulo ajudá-lo no chão, dou-lhe um murro bem no alto da cabeça, ele não terá tempo de entender nada, deixo-o atordoado, pego o dinheiro e saio correndo. E se ele morrer? Então terei me tornado um assassino!". Eu já o seguia havia bem mais de uns 10 minutos. Desgraçado! Por que não pega um táxi, um ônibus, o metrô? Com tanto dinheiro no bolso..., só podia ser um

---

* Os jardins das Tulherias (francês: *Jardin des Tuileries*) compõem um parque parisiense situado na margem direita do rio Sena, entre a praça da Concórdia e o Carroussel. Foi criado no século XVI, no estilo italiano, por ordem de Catarina de Médicis, para decorar o entorno do palácio das Tulherias, onde passava seus tempos livres. Em 1664, o arquiteto André Le Nôtre, autor do projeto do parque que rodeia o palácio de Versalhes, transformou-o num jardim no estilo francês, formal e simétrico, cheio de estátuas ornamentais. (N. do E.)

sovina; não queria gastar. Posso ou não, ir em frente? E o que farei depois? Não me resta alternativa, não posso perder esta chance. Vou atacar o homem e pegar o dinheiro. Pensava seriamente nisso, mas alguma coisa mais forte do que eu me impedia. Eu lutava desesperadamente contra essa alguma coisa e raciocinava como aquele personagem que se pergunta se teria coragem de atirar uma bomba, numa grande cidade qualquer da China e se essa bomba atingisse e matasse um único chinês, um chinês obviamente desconhecido para o autor do disparo, um chinês entre bilhões de chineses. Que diferença isso faria? Ele jamais saberia qual chinês atingira e ninguém jamais saberia quem atirou. Ali estava eu, cara a cara com a metáfora a caminhar tranquilamente na minha frente, com oitenta anos de idade e o bolso cheio do dinheiro que poderia acabar com as minhas agruras, tornar-me livre e feliz. Então, não era uma boa causa? Quanta coisa poderia ser realizada daí em diante? Isso poderia ocasionar uma mudança radical no meu destino, que se tornava, a partir desse pensamento, totalmente imprevisível. Eu raciocinava claramente, lucidamente, justificando os próximos passos da minha decisão. A vítima é apenas um velho. Não sei o nome dele, nunca saberei. Ele é o chinês, eu sou o projétil que vai atingi-lo. Mas me vejo obrigado também a pensar no pior. Empurro essa mala humana e ambulante com o dinheiro no bolso. Ele cai. Pensa que é um assalto (pensará corretamente, se acontecer). Em seguida sofre um infarto e morre. Este é o detalhe que não aparecia no primeiro esboço do meu projeto. No entanto, devo prosseguir. Não posso cometer o crime acreditando que tudo vá sair bem, que o venerável senhor vá me entregar o pacote de dinheiro tremendo de medo; e eu vá me escafeder leve e solto, como se tivesse ganhado o bilhete premiado. Ele pode morrer da própria queda; afinal tem oitenta anos! Pode cair e bater a cabeça. E, o pior, quem me garante que não vá tirar do colete um revólver e me atirar? Logo eu, que nunca manejei uma arma, que nunca matei um passarinho! E se isso acontecer? Devo sair correndo da mesma maneira e deixo o dinheiro? E se ele me atingir? Lá vou eu para o hospital e depois a prisão; o dinheiro continua no bolso alheio. Num segundo, passo de algoz a vítima. Qual dessas hipóteses é a mais razoável? É preciso raciocinar, ter sangue frio — eu pensava, tentando me organizar mentalmente para cometer um assassinato em pleno coração de Paris. Vejamos: eu não conheço a pessoa em questão, ela nem sequer suspeita da minha existência. Tento impor a mim mesmo a ideia de que ele é desprezível, não fará falta à humanidade, não haverá perda alguma, pois ele não tem parentes, filhos, netos, ninguém, em outras palavras, é um inútil. É insignificante a tal ponto que — ele sim — será enterrado como indigente! E o dinheiro cairá nas mãos de um jovem promissor com 31 anos de idade, cheio de talento, de ideias, um Einstein ou coisa parecida. Esse tipo de raciocínio autoriza o neo-Raskolnikov a cometer o crime? Ao mesmo tempo, meu eu moribundo propunha o contra argumento. "Esse raciocínio não pode estar correto, há falhas gritantes. O pacato cidadão que saca do banco uma quantia tão vultosa deve ter um passado, uma família, pode até mesmo ser brasileiro". Pronto! Num instante a equação estava desfeita. Mas prossigamos, com método. Ser brasileiro, francês ou chinês, que diferença faz? O importante é que eu não conheça seu passado — embora eu seja, neste momento, senhor absoluto do futuro que o aguarda. O próximo passo: tudo vai sair conforme planejado. O velho cai, faço de conta que vou ajudá-lo, enfio a mão no bolso interno do seu paletó e disparo com o dinheiro na mão. Assustado, mal consegue esboçar uma reação. E em que consistiria? Apenas um fraco pedido de ajuda que não alcança ninguém. Ele não morre; logo não haverá culpa e vou desfrutar o dinheiro como melhor me aprouver. Negativo: o homem não morre, mas grita. Um guarda, patrulhando a poucos metros dali ouve o pedido de socorro. Vê que estou correndo. O que restou do velho grita e me aponta o dedo. O guarda me alcança. Prisão, vergonha, culpa. A melhor solução é jogá-lo ao chão e, em seguida, matá-lo. Um punhal enfiado entre a sétima e a oitava costela do lado esquerdo, uma espetadela, um rubro filete de sangue, o bastante para encher uma colherinha de chá. Uma estocada leve e certeira haveria de matá-lo em menos de trinta segundos; pego o pacote e saio andando, nem é preciso correr. Inverossímil. Ninguém se agacha diante de um velho moribundo e o deixa depois de alguns segundos estirado em plena avenida com o sangue escorrendo do peito. Volto, portanto, ao começo da partida, ao ponto inicial. Meu pensamento agora está mais claro. Tenho de fazer do jeito mais simples, concluo. Afinal, tenho uma tradição, toda uma escola. Por que não pôr em prática o que já sei, o que foi provado tantas que não sei quantas vezes e deu certo? É isso! Agir como um trombadão! Uma especialidade brasileira. Eu já os vira em ação umas tantas vezes pela TV. São sempre repetitivos e previsíveis. Qualquer repórter de TV, num dia em que a pauta está fraca, sai com uma câmera na mão e se põe a observar o trânsito no centro da cidade; tem 100% de chance de flagrar um trombadão em atividade. Lá vem o personagem. Agarra uma bolsa, um Rolex e sai disparado no meio do trânsito. Não mata ninguém, não quebra a cabeça de ninguém. A vítima, a que perdeu o Rolex, a carteira, os dólares, sente-se aliviada, quase agradecida. Afinal foi apenas uma trombada, poderia ter sido pior. Poderia estar morto. Eis a solução. E eu poderia me transformar num trombadão em plena Paris dos anos oitenta? Eu e a minha timidez, com meu porte franzino e desajeitado? Pouco provável. Mas suponhamos que eu fosse capaz; eu já havia raciocinado demais, então é quase certo que eu seria capaz, depois de tantos prós e contras. Eu sou capaz, dizia para mim mesmo, todos somos capazes, depende das circunstâncias. Vou concluir o delito e acabar com a aflição. Aí me ocorreu a última ideia. Afinal, o que é importante nisso tudo? A estratégia do crime, o resultado da ação delituosa bem planejada ou as consequências dela? Uma questão filosófica, sem sombra de dúvidas. Eu estava disposto a ir por esse caminho, ao mesmo tempo em que me preparava para a ação que deveria ocorrer a qualquer instante. No exato momento em que retesei os músculos para entrar em ação, veio-me à memória uma cena que presenciei com Soraya quando fomos comprar alguma coisa na Rua Saint Antoinne. Um oriental, provavelmente um coreano, magro e alto, caminhava tranquilamente pela calçada carregando um pequeno marginal francês pela gola da camisa. A altura do coreano superava a do bandido em pelo menos um metro, de tal forma que ele o carregava literalmente, o outro se deixava levar passivamente, com os pezinhos ora suspensos, ora arrastados no chão. O grandalhão lhe chutava o traseiro a cada duas passadas, enquanto o pequeno meliante gritava desesperadamente para a multidão de turistas que mal parava para olhar a cena. É evidente que o pequeno bandido exagerava. Na certa contava com seu grito escandaloso para atrair alguém que o viesse socorrer do infame coreano. É claro que ele exagerava, mas ainda assim a cena era desumana, humilhante. Um francês! Apanhar na própria pátria de um estrangeiro, em plena Paris, era realmente estranho e inusitado. Que importa que fosse um vagabundo? Decerto o pequeno marginal havia se inteirado dessa aberração e contava com a possível intervenção dos seus compatriotas, o que definitivamente não aconteceu ou, pelo menos não aconteceu da forma como ele esperara. Soraya e eu fomos atraídos pela gritaria e caminhamos apressados para ver a cena de perto. O coreano arrastava o pequeno marginal francês como se fosse um saco de batatas. Caminhou durante duas quadras até deparar com uma viatura policial e entregar o bandido. Tudo bem que ele tivesse agarrado o ladrãozinho no exato momento em que ele tentava roubar a sua câmera. Tudo bem que ele o entregasse à polícia. Mas não dava para aceitar que o espancasse daquele jeito, com um tabefe na cabeça alternado com múltiplos pontapés no traseiro. Aquilo era revoltante; Soraya e eu estávamos à beira de cometer um desatino. Soraya se aproximou da estranha dupla e gritou, dirigindo-se ao coreano: "covarde!", repetiu várias vezes: "covarde, solte o menino!" O coreano, riso amarelo, explicava (num francês macarrônico) que "o menino" era ladrão; que tentara roubar sua câmera e que ele estava fazendo justiça conduzindo-o à polícia. Estávamos a ponto de avançar contra o coreano que se deleitava ao espancar o bandido; mas eis que surge o inesperado. Um francês, baixinho, de passos miúdos, porém apressados, quase correndo, com jeito de comerciante local, veio em nossa direção. Dirigiu-se ao coreano e disse: "Muito bem rapaz, parabéns! Vamos entregá-lo à polícia. Parabéns!" E aproveitou para dar ele também um pontapé no ladrão. Soraya e eu ficamos paralisados. Agora era o francês que agia com violência sobre o indefeso marginal. De que adiantaria nossa intervenção, o que deveríamos fazer? Nesse ponto, chegamos juntos à próxima esquina, onde estava estacionada a viatura de polícia. Os policiais pegaram o bandido e o empurraram para dentro do camburão. O comerciante e o coreano foram levados juntos, com certeza como testemunhas. Era notória a cara de satisfação do comerciante ao contribuir de alguma forma com o castigo que já estava sendo infligido ao bandido.

Nenhum sinal de revolta dos policiais franceses contra a agressão que acontecia sob os seus olhos. Ficamos ali, parados a meia distância, sem saber o que fazer. Ora, é evidente que tal cenário poderia se repetir comigo, agora mesmo travestido de marginal, em plena Avenida Champs Élysées. E quem intercederia a meu favor? Eu estava nesse ponto do meu raciocínio quando vi o velho finalmente abrir a porta de uma Mercedes, ligar o carro e deslizar mansamente pele avenida, em direção à Praça da Concórdia que estava a poucos metros de nós. Cheguei à casa. Estava pálido e fatigado. Soraya pegou meu pulso, apalpou minha testa suada e me colocou o termômetro. Três minutos depois o retirou da minha axila e leu: trinta e nove graus de febre.

35

Uma vez entregue a vocês esse poeminha romântico — deixei um bilhete expresso ao meu caro amigo para que incluísse esse relato no corpo do texto e espero que ele não tenha deixado de cumprir minhas derradeiras solicitações quanto ao meu desejo de ter o diário publicado na íntegra. Agora me sinto liberto para continuar a contar o incidente com a jovem donzela no meu apartamento do hotel em Moscou.

36

Lá estava ela, inverossímil, porém de carne e osso, muita carne, sentada ao meu lado na cama do meu apartamento. Sua súbita aparição me trouxe de volta essas lembranças de Paris. E eu me tornei pensativo, quase cataléptico, enquanto sonhava acordado com aquela época distante, mas ainda viva nas minhas lembranças. Notei que ela parecia assustada a me ver assim, sem ter a menor ideia do que se passava pela minha mente. Devo ter deixado de responder algumas questões que talvez ela tenha formulado, permanecendo num mutismo alarmante, enquanto me lembrava da aventura parisiense. Daí o estranhamento que percebi no olhar dela. Tratei logo de tranquilizá-la. Peguei suas mãos entre as minhas, numa tentativa bem sucedida de lhe incutir confiança. Ela relaxou os ombros e a blusa desceu mais um centímetro, agora sim, mostrando os contornos de um seio vigoroso e pulsante. Tive a nítida sensação de que o demônio estava presente, com seu terno de linho branco, vestindo fraque e cartola; sorridente como um perfeito janota. Eu já era um velho nessa época, mas não me considerava decrépito ou impotente. Não estava inválido. Mas tinha medo de cair onde nunca havia tropeçado. E pensava com toda a força de que fui capaz. Pensava fundo, tentando sentir meu cérebro. Uma experiência para a qual jamais tive algum êxito. Eu podia sentir meu coração, minhas vísceras, o suor escorrendo sobre a minha pele, um arrepio; o cheiro que emanava de uma flor me permitia saber que eu tinha um nariz e sua função; o ardor de uma pimenta me dava plenamente o conhecimento da minha língua; um fiapo de carne entre os dentes mostrava de maneira irrefutável que eles existiam e funcionavam, mas não meu cérebro. Eu jamais consegui perceber meu cérebro. Perdi mais tempo nessa tentativa infrutífera do que os antigos dispensaram para construir os jardins da Babilônia. E fracassei! Eu sei que meu cérebro não pensa, mas enquanto eu penso alguma coisa acontece no meu cérebro. Tudo isso me passou pela cabeça, enquanto segurava as mãos da moça, sabendo exatamente o que deveria fazer com a anuência e os aplausos do Manhoso. É um absurdo, para não dizer inacreditável, como pensamentos estranhos me vêm à mente numa hora crucial dessas. Acho que é o meu jeito de lutar contra os instintos, é o meu enfrentamento com o Malcheiroso. Eu já me preparava para qualquer coisa quando o poema do Bandeira me ocorreu.

"Quando hoje acordei, ainda fazia escuro
(Embora a manhã já estivesse avançada).
Chovia.
Chovia uma triste chuva de resignação
Como contraste e consolo ao calor tempestuoso da noite.
Então me levantei,
Bebi o café que eu mesmo preparei,
Depois me deitei novamente, acendi um cigarro e fiquei pensando...
— Humildemente pensando na vida e nas mulheres que amei."

A coisa tomava esse rumo imprevisto, quando fui tomado de uma estranha sensação que já se apoderou de mim em outras ocasiões. É como se eu estivesse vivendo outra vida, como se não fosse eu que estivesse presente ali naquele quarto, e um impostor tivesse se apoderado do meu espaço e do meu próprio ser. Naqueles poucos segundos transportei-me para os lugares mais recônditos de Petersburgo, aqueles lugarzinhos que eu já havia visitado de outras vezes, becos escuros onde se escondem os pequenos demônios russos, escadarias imundas e mal cheirosas por onde circulam bêbados e as mais disformes criaturas do submundo. Eu podia até mesmo sentir o odor repugnante daqueles lugares. No mesmo instante invadiu-me um profundo estranhamento, uma tristeza sem fim e uma vontade imensa de acariciar aquela pobre mulher ao meu lado e apoiar sua cabeça sobre o meu ombro e implorar a ela o perdão que o mundo inteiro lhe devia. Creio que cheguei a fazer isso, embora ela acedesse com relutância. Creio ainda que lhe disse algumas palavras amenas que a minha alma vazia e triste proferia sem que eu mesmo tivesse vontade de me expressar daquela maneira. O quartinho estava mergulhado num profundo silêncio e ao meu redor desfazia-se um império de sonhos não realizados e cada vez mais eu me atolava nessa tristeza incontrolável. Busquei no fundo da minha alma uma saída para aquele estado sonambúlico e irreal. Fazia um esforço quase físico para que aquele sonambulismo se desvanecesse como um sonho perturbador. Foi então que, parodiando o poeta, falei para mim mesmo: "Em horas dessas é melhor fugir que enfrentar batalha". Ato contínuo: desenlacei meus dedos da mão dela e me levantei. Em seguida lhe disse:

— Sinta-se segura, senhora. Reconheço seus esforços e a admiro.

Queria lhe dizer alguma coisa edificante e pensei nessas palavras que nunca saíram da minha boca: "Olha o frio que faz por esse mundo. Passarão ainda alguns anos, e então virá a espantosa solidão, virá com suas muletas a trêmula velhice, trazendo consigo tristeza e dor. Teu mundo perderá as cores fantásticas, murcharão e morrerão teus sonhos, e qual a amarela folha da árvore, igualmente se desprenderão de ti." Enquanto pensava, tive um ligeiro acesso de tosse. Em seguida esbocei o gesto de lhe beijar as mãos e ela se levantou abruptamente, tentando esconder sua frustração. Virou de costas e saiu pela porta, sem se despedir.

Arrojei-me ao leito, solitário, sem entender direito o que tinha acontecido. Teria agido corretamente? Fora indelicado? Talvez a breve estória que ela havia me contado logo no início, de que perdera o marido na guerra do Afeganistão e ficara só, com duas crianças, tenha desviado meus malignos pensamentos durante o pouco tempo em que eles estiveram sob o assédio do Cão.

37

Nos dias seguintes saía do hotel logo pela manhã, bem cedo, sem nenhum destino previamente traçado, mas que começava inescapavelmente na Praça Vermelha, bem ao lado da Igreja de São Basílio, que cheguei a visitar inúmeras vezes, sempre a imaginar o czar Ivan, o terrível, dirigir sua construção a açoitar por puro deleite os preguiçosos servos que a construíram e, no final, cegado o arquiteto que a edificou. Diz a lenda que o infeliz, depois de tê-la construído, não poderia contemplar beleza que igualasse ou suplantasse a igreja. Portanto, Ivan fez o que podia: cegou-o com uma tenaz em brasa. Meu passo seguinte era contornar a igreja; fazia neve ou não. Descia pela parte sul, em direção ao rio Moscou e me dirigia à Galeria Tretyakov ou ao museu Tolstói. Almocei almôndegas no restaurante da galeria, depois de passar uma manhã inteira contemplando o quadro que Pierov pintou de Dostoiévski. Lá estava o escritor sentado, com a perna esquerda descansando sobre a direita e os dedos entrelaçados apoiados sobre o joelho. Raramente me aventurei além do quadrilátero formado pela Tverskaya, o teatro Bolshoi, a Praça Vermelha, o museu Tolstói e a galeria Tretyakov. Comemorava-se o jubileu Dostoiévski e perambulei pelos salões da prefeitura de Moscou pondo-me sorridente a me deixar fotografar ao lado das inúmeras estátuas comemorativas do evento. Na saída do elegante palacete dei de cara com um maluco querendo me vender um mapa de Moscou. Ele enfiava o mapa sob o meu nariz ameaçando-me e empurrando o mapa sobre o meu peito. Dei-lhe um safanão e o mapa foi parar a uns dois metros no meio da calçada. Ele não se deu por vencido e voltou desta vez ainda mais agressivo. Tive uma súbita inspiração e lhe falei alto e bom som:

— Kak Tebya Zovut? [Qual é o seu nome?]

— Kak Tebya Zovut? — insisti, ainda mais uma vez.

O homenzinho se encolheu todo e não conseguia soltar uma só palavra. Recolheu temeroso o mapa que antes tentara me empurrar e se escafedeu por uma rua lateral. Pensou que eu fosse estrangeiro...

38

Não estou seguro se já lhes disse que fui um dos convidados para o jubileu. Num acesso de euforia terminei uma historieta que Dostoiévski deixou inacabada e lá fui eu ler a tal história no museu de São Petersburgo. Embora convidado para São Petersburgo não tive nenhuma dúvida em me apresentar em Moscou. Não para expor o meu tema; estava muito claro para mim que isso só aconteceria em São Petersburgo. Aproveitei e assisti a algumas das solenidades. Na Universidade de Moscou, antes de entrar na sala onde ocorreria uma das conferências, pediram meu passaporte e confiscaram com muita desconfiança o bordão que carregava comigo para eventualidades. Não tive dificuldade em abandonar provisoriamente o meu tacape. Sabia que estava num ambiente seguro. Qual não foi minha surpresa quando percebi que o primeiro conferencista era o senhor Alexandr Soljenítsin, em carne e osso. Foi muito interessante essa conferência. Não pelas palavras pronunciadas pelo laureado autor, mas por um fato que teve tanto de curioso como de estapafúrdio. Gógol se sentou à direita dele e o próprio Dostoiévski se acomodou na poltrona da esquerda. O velho Soljenítsin, sem perceber a presença de ambos, falava desassombradamente. Dostoiévski, que em poucos segundos me descobriu na plateia, piscava insistentemente o olho para mim. A visão durou talvez alguns segundos. O suficiente para que eu, até então sem nenhum interlocutor confiável, tentasse dividir a cena com uma senhora, já entrada em anos, sentada ao meu lado. Eu apontava o dedo tentando mostrar a ela a idílica e significativa visão, enquanto ela me olhava e balançava a cabeça acenando que sim, que ela também havia visto o fenômeno, pelo menos foi o que entendi. Enfim eu tinha um interlocutor. Tentei conversar com ela durante quase toda a conferência, até que ela fez um sinal com o dedo na vertical sobre os lábios pedindo silêncio. Seu olhar não era de maneira nenhuma amistoso. Já era o final da conferência. Levantei-me sem me despedir e me dirigi para a frente do auditório a fim de cumprimentar o conferencista. Ele se mostrou amável e agradecido, um tanto surpreso com minha presença ali, mas não teve tempo de tirar nenhuma conclusão. Uma pequena multidão se acercou dele e foi o bastante para que eu pudesse escapar sem ser seguido. Peguei meu bordão na secretaria; fiz um gesto de agradecimento e abandonei a universidade, ficando apenas com aquela lembrança fugidia dos dois escritores assistindo a conferência e uma fotografia com o conferencista que guardo ainda hoje.

39

Não havia mais nada que eu pudesse fazer na cidade. Meu tempo havia se esgotado. Era hora de partir. Minha saída de Moscou foi patética, como de resto foi quase toda a viagem. Dirigi-me ao aeroporto por onde havia chegado — Sheremetyevo. Estava equivocado. Meu voo para São Petersburgo partia de um aeroporto doméstico. Uma vez ali, eu queria, sem nenhuma razão plausível, embarcar para meu destino dali mesmo, embora no meu bilhete estivesse marcado que o voo sairia do aeroporto doméstico, a quase 2 horas de distância.

Um velhinho, que ouvia minha peroração com a balconista, puxou-me pela manga do casaco e disparou:

— Ainda há tempo para chegar ao aeroporto doméstico. Se o senhor não partir agora vai perder o voo.

Lá fui eu com o bom velhinho que me cobrou a exorbitância de 80 rublos; uma ladroeira! O patético deveu-se a vários fatores. Entre eles o ter sido barrado por causa do meu tacape que foi automaticamente confiscado. Além disso, o R-X revelou uma imagem parecida com uma arma de fogo na minha bagagem. Tive de desfazê-la peça por peça, antes disso tentei argumentar com o guarda que eu não era nenhum terrorista checheno, mas apenas um endoscopista em viagem de reconhecimento. Tempo perdido. O guarda foi até o fundo da minha bagagem. Tratava-se apenas de um castiçal em forma de anjo com as asas abertas. A fila atrás de mim se avolumou e comecei a ouvir impropérios. Com tamanha confusão esqueci minha câmara sobre o balcão de embarque.

40

São Petersburgo.

Minha chegada a São Petersburgo, digamos assim, foi quase triunfal. Hospedaram-me no Hotel Moscou, bem ao lado do Monastério Alexandr Niévski. Vencida a atordoante burocracia da documentação subi esbaforido à procura do meu apartamento. Abri a janela. Apesar do vento gelado e cortante como lâminas afiadas que vinha de uma avenida que desemboca na praça fiquei alguns minutos imóvel, como uma múmia bem comportada, naquele estado de catalepsia a que já estava habituado, contemplando por cima do muro os túmulos monumentais do monastério Alexandr Niévski. Não tive a menor dificuldade em identificar o túmulo de Dostoiévski, numa aleia à direita da entrada principal. Passei o dia inteiro no apartamento, num estado meio sonambúlico. À noite tive um sono intranquilo. Sonhei que o cadáver de Dostoiévski jazia nu sobre a mesa de uma imensa cozinha, onde cozinheiros negros preparavam um grande banquete para festejar o passamento do escritor. Dois monges ortodoxos barbudos vestindo luvas de pano esfregavam o corpo do defunto e preparavam-no para o enterro solene. Súbito um dos cozinheiros se aproximou transportando nas mãos uma panela fervente e derramou-a sobre o tronco do infeliz. O líquido quente e viscoso abriu uma cratera no peito do morto. O coração se separou do corpo e despencou num abismo interminável que se abria debaixo da mesa. Tentei alcançar o órgão enfiando a mão pela cratera aberta para segurá-lo, quando um escorpião fisgou o meu dedo indicador. Acordei com um urro que deve ter despertado metade do hotel. Estava deitado sobre a minha mão direita que se encontrava inerte e adormecida pela compressão.

Levantei-me e em menos de meia hora já estava na porta do hotel. Animadíssimo, apesar do frio e da noite mal dormida. Contemplei longamente a praça deserta; havia apenas um carrinho de cachorro quente e uma florista do outro lado da praça, em frente ao portão principal do cemitério.

Como não tinha nada por fazer decidi comprar uma rosa na florista e depositá-la sob o túmulo de Dostoiévski. Não que não haja vida às nove da manhã em São Petersburgo em pleno inverno, mas o portão da alameda que dá acesso ao túmulo do escritor e outras celebridades só abre às dez. Mas eu já tinha elaborado um plano para essa contingência. Esgueirei-me para dentro do Monastério e fingi que ia assistir a uma missa. Ninguém me cobrou ingresso, ninguém me pediu satisfação ou me interrogou para saber das minhas intenções. Logo na entrada vi um caixote abandonado e decidi carregá-lo, pois poderia ser útil aos planos que vinha urdindo na minha cabeça. Ao chegar à frente do portão, vi que não havia ninguém na casamata onde vendem os bilhetes. Espiei para a direita, para a esquerda, nada. Ato contínuo: coloquei o caixote no chão, montei sobre ele e saltei o muro. Caí em cima do túmulo de Lomonosov. Desviei-me imediatamente do monumento, com uma leveza que a idade não me permitia prever; ao mesmo tempo tive a nítida impressão de que a estátua se contorcia numa careta, como se reprovasse minha conduta. Levantei-me de um único golpe, limpei a neve que aderira ao meu traseiro e caminhei célere em direção à moradia de Dostoiévski. Antes de lá chegar, no entanto, parei durante alguns segundos diante do túmulo de Rimsky Korsakov, só o tempo de recriminá-lo por sua esquisitice de jogar futebol em pleno inverno sobre o Nieva congelado. Aproximei-me cerimonioso do túmulo de Dostoiévski e coloquei a rosa amassada sobre a lápide. Fiquei não sei quanto tempo meditando em frente ao túmulo, naquele estado cataléptico que tantas vezes tomou conta de mim. Comecei um diálogo com o morto sobre o conto que ele deixara inacabado — *O Crocodilo* — e me pareceu que custou ao defunto um trabalho penoso falar sobre isso. Só me retirei quando me senti ameaçado pela esposa do escritor, carrancuda ao lado dele, como se fosse guardiã do defunto. Lembrei-lhe que também ela se encontrava no mesmo estado, ou seja: morta; e que não valia a pena se desgastar apenas por algumas perguntas impertinentes de um velho leitor do marido. Um tanto exausto, saí do cemitério, dessa vez pela porta da frente; olhei de relance para o interior da casamata onde se encontrava a zeladora do cemitério. Ela abriu a boca, mas não saiu nenhum som. Certamente imaginou que se tratava de um fantasma em fuga.

41

Vi tantas coisas em Petersburgo que deveriam deixar embasbacados os céticos mais empedernidos. Vi Pushkin se esgueirando numa esquina e Gógol alegremente assoviando uma melodia em plena Avenida Niévski.

Quando atravessei quase sem fôlego a imensa avenida ele dobrou uma esquina e desapareceu misteriosamente. De outra feita (este episódio ocorreu na minha viagem de volta — eu estava em Paris), fui apresentado a Gógol numa festa. Queria perguntá-lo sobre o seu desaparecimento na calçada da Niévski, em São Petersburgo, mas a conversa foi tomando outro rumo. Assim que fui apresentado o reconheci. Os cabelos cortados rentes, lisos, caindo sobre os ombros e os olhinhos marotos. Sem tirar nem pôr. Era o escritor jovem, antes de se tornar conhecido. Fiquei compreensivelmente surpreso e olhava as pessoas em volta me perguntando se elas não o haviam também reconhecido. Estranho. Muito estranho. Era o ano de 1984 e eu fora convidado para uma festa em Clichy, em pleno mês de novembro, quando o frio já nos obrigava a andar com capotes pesados. Como Gógol não se manifestava, ou, dito de outra forma, como ele não se atribuía o papel da sua própria personalidade, se vocês podem me entender, comecei com evasivas, mencionando um ou outro escritor russo com os quais — para minha surpresa — ele também se dizia familiarizado. Quando mencionei Gógol — e o fiz de propósito, quando ele menos esperava — eu queria ver o ar de estupefação à menção do seu próprio nome — ele apenas arqueou levemente as sobrancelhas e deixou uma espécie de ponto de interrogação no ar. Nada, além disso. Quis insistir e perguntei de chofre:

— Você já leu *Almas mortas*?

— Ainda não — ele respondeu, com uma naturalidade desconcertante.

O mais espantoso é que ele mal se dava conta de que eu o havia reconhecido. Senti que ali se encenava uma farsa e tomei a decisão acertada de não estragar a brincadeira, mas meu humor cáustico quase pôs tudo a perder. Continuei insistindo no meu assunto preferido "Gógol" e disparei.

— Não é curioso que o tema de *Almas mortas* tenha sido sugerido a Gógol por Pushkin, a partir da leitura de um artigo de jornal?

Ele arregalou o quanto pôde os olhinhos redondos de forma estudada, simulando surpresa, e não disse uma palavra sequer.

— E a ideia foi de tal forma bem desenvolvida que, ao terminar de ler *Almas mortas*, Pushkin exclamou: "eu não ri, chorei; Deus, como é triste a nossa Rússia!" — continuei, juntando munição.

A partir desse instante ele teve certeza de que eu o havia identificado. Ficou ali parado, anestesiado, como se tivesse tomado uma injeção de curare.

Minha amiga francesa veio em meu socorro. Arrastou-me pelo braço e lá fomos nós a rodopiar pelo salão, enquanto Gógol se escondia atrás de um copo de Bordeaux. Quando a música se encerrou ele havia estrategicamente desaparecido.

No dia seguinte amanheci, por assim dizer, na porta de uma livraria à procura de *Almas mortas*. Para meu excelente contentamento encontrei o livro e a fotografia de Gógol na orelha do livro; um pouco mais velho do que quando o encontrara no dia anterior. Comprei o livro; não deixei o balconista embrulhar para presente. Fui até a porta da livraria e me sentei no primeiro degrau. Comecei a rir com as visitas que Tchitchikov fazia aos proprietários rurais para comprar as almas dos servos, cuja morte ainda não havia sido registrada. Levei algumas horas lendo o romance e ria, ria, como um louco. Depois de algumas horas, um velho que estacionara com sua bengala bem em frente a mim, ao invés de continuar sua peregrinação, tocou de leve a bengala no meu joelho e perguntou:

— O que que está acontecendo, rapaz?

De início não atinei que ele falava comigo. "Rapaz" me deixou lisonjeado. Tirei os olhos do livro e foi então que vi o velho ameaçar-me com a bengala. Minha primeira impressão de que Tchtchikov se materializara ali de bengala em punho se dissolveu tão logo recebi a segunda bengalada no joelho. Nada de Tchtchikov. Era apenas um velho impertinente. Levantei-me sem responder, e saí ao largo, a grandes passadas. O velho maluco permaneceu na porta da livraria, brandindo a bengala na minha direção e murmurando alguma coisa.

Procurei o caminho da casa da minha amiga francesa na esperança de encontrar o Gógol da noite anterior. "Quero ver agora", pensei, "como ele vai reagir ao ver a própria foto na orelha do livro". Para meu desalento soube pela minha amiga que Gógol havia viajado, e ela não tinha a menor ideia de quando voltaria. De qualquer forma deixei o livro com ela para ser entregue quando ele voltasse, com recomendação expressa para que olhasse com atenção a orelha do livro. Minha amiga, discretíssima como se fosse uma recatada dama inglesa, olhou-me desconfiada, mas não ousou questionar aquela aparentemente esdrúxula recomendação.

42

No Hermitage.

Saí da praça em frente ao Monastério aboletado num trólebus em direção ao Hermitage. Atravessei não sei quantos quilômetros da Avenida Niévski de pé, espremido no meio da multidão de operários e funcionários de escritórios que se abarrotavam ali com o mesmo destino que eu. Desci num ponto próximo à Praça do Almirantado, e já me preparava para atravessá-la, em direção ao museu, quando me dei conta de que não estava longe da estátua equestre de Pedro, o Grande. Tornei à esquerda e me dirigi ao principal símbolo da cidade. Não me canso de contemplar esse monólito de bronze, todo ele transportado da Finlândia em pedra bruta. Demorei pelo menos um quarto de hora contemplando o gigantesco Pedro sobre o seu cavalo. Dei algumas voltas em torno do monumento. Um taxista desceu do carro e caminhou na minha direção. Fumava um cigarro barato e mal cheiroso. Não tinha um dente sequer na boca. Vi que me espreitava. Julguei que ele não poderia ser o jovem Ivgeni, cuja noiva morrera na enchente descrita por Pushkin. Fiquei convencido de que ele me imaginou um desses turistas amadores, incautos à espera de uma orientação barata em troca de algum dinheiro. Repeli-o de imediato. Estou habituado a lidar com esse tipo de gente. O taxista deu dois passos para trás e continuou a me observar, como se eu fosse a qualquer momento me arrepender e precisar dos seus serviços para cumprir as grandes distâncias que ainda tinha por percorrer. Dali onde estava podia enxergar com nitidez a silhueta do Hermitage — meu destino final. Não havia o que temer. Eu poderia caminhar e o faria, como vocês verão. O velho apenas interrompeu meu interlúdio. Se eu tivesse o poder de Pushkin, teria descido Pedro da estátua ou o teria feito galopar e colocado o homem para correr. Fiz um esforço mental tentando comunicar-me com o cavaleiro de bronze, mas nada consegui. Dei uma última volta ao monumento e parti em direção ao museu, certo de lá encontrar pessoas conhecidas que deveria evitar.

Cheguei ao museu caminhando pelas margens do Niéva, na fachada norte do Jardim de Inverno. Lá longe, olhando para a esquerda eu podia ver a ilha Vassiliévsky e, mais à direita, a Fortaleza Pedro e Paulo, onde Dostoiévski esteve preso, aguardando o julgamento que o levaria ao fuzilamento simulado e depois ao degredo na Sibéria. Parei ali por alguns instantes. Contemplei a vastidão daquela paisagem exuberante e determinei: eis o mais belo lugar em todo o mundo!

Entrei no museu e passei rapidamente pelas principais galerias. Havia uma multidão no local. Isso não me abateu. Percorri as grandes exposições sem me deter, exceto diante da imagem de São Pedro, pintada por van Dyck, que me chamou a atenção. O velho apóstolo contemplava alguma coisa fora do quadro que não consegui identificar. Sua figura imponente lembrava um leão uivando para a lua. Noutra sala parei mais uma vez diante da Madona com a criança, de Leonardo. Mais uma vez me extasiei diante dessa pintura magnífica, mas ninguém me convenceu de que a criança amamentada não era um anão da Somália. Quando eu imaginava que não haveria mais nada capaz de me surpreender, eis que surge diante do meu olhar aturdido uma pintura brasileira — Tarcila do Amaral! Devo admitir que uma súbita e imprevista ponta de vaidade e orgulho se apoderou de mim; mas não me deixei sucumbir. Analisei-a detidamente. O Pescador retrata uma pequena vila, com meia dúzia de encantadoras casinhas rodeadas por coqueiros e bananeiras na frente de um riacho. No centro do quadro há um pescador, com a cabeça coberta por um chapéu de palha, sentado sobre uma rocha no meio do rio segurando uma peneira com um peixe dentro. De uma simplicidade estonteante. Obra de beleza genial. Pensei em me dirigir à diretoria do museu e cumprimentá-los por terem adquirido aquele trabalho brasileiro. Já era tarde. Eu precisava partir. Deixei essa incumbência para outro dia. Na saída do museu, agora já totalmente exausto, ainda parei diante de um Delacroix: o caçador de leões no Marrocos. Foi tudo que queria olhar naquele dia. Preparei-me para uma segunda visita, com vistas apenas à arquitetura de Rastrelli.

43

Parei, mais uma vez em frente ao Jardim de Inverno, e me sentei na amurada de granito, na beira do Niéva. O dia estava claro a ponto de a luminosidade prodigiosa ferir olhos desprotegidos. De início me pus a meditar sobre o mistério que envolve cada ser humano, capaz de construções e criações tão absurdamente grandiosas como o próprio edifício do Hermitage, como toda a paisagem que se descortinava diante da minha vista. Tirei da minha pasta duas anotações. Uma delas era um artigo científico, segundo o qual 80% dos escritores criativos sofrem de distúrbio do humor; 50% dos poetas já foram tratados de algum transtorno. Devolvi imediatamente o artigo para a pasta. Eu não estava com humor adequado para assuntos científicos naquele dia. Dentro de um envelope havia uma carta apócrifa, que recebera pelo correio, ainda no Brasil, sobre a qual não tinha ainda meditado tempo suficiente. Era um comovente convite para participar da Grande Fraternidade Branca Cósmica e Macrocósmica da Luz, que congregava, entre seus membros, seres extraterrestres que viviam anonimamente entre nós e dos quais usufruíamos orientação e conhecimentos.

Meu dia havia sido leve, versátil e sem grandes atropelos. Nada mais precisava acontecer para que eu chegasse ao hotel e tivesse uma noite de paz. Antes de devolver a carta ao envelope me pus a imaginar se o velho taxista desdentado, que se insinuara sutilmente no meu caminho, não seria uma encarnação de um desses seres extraterrestres de que fala a Grande Fraternidade. Como não abri a guarda, ele ficara apenas à espreita, aguardando outra oportunidade. Ainda dei tratos à bola para um discreto incidente ocorrido no interior do museu, ao qual não atribuí nenhuma importância, mas que agora, ao saber da existência de extraterrestres entre nós, fui obrigado a reconsiderar. Uma mulher de vestido longo, com uma venda sobre os olhos, mantinha a cabeça virada em direção a um estranho quadro de Jackson Pollock, conhecido por "White Light". Um emaranhado de fios brilhantes, mais claros no centro, formando uma intrincada e densa rede, a qual, à primeira vista, não delineia nenhuma figura humana. É pura abstração. Ledo engano para quem pensa que isso é verdadeiro. Retrocedi a 3 metros do quadro e pude enxergar nitidamente uma figura humana, meio retorcida, com a cabeça virada para a esquerda, enquanto o corpo pendia ligeiramente para a direita. Voltei a me aproximar da pintura. Dessa vez fiquei atrás da mulher com a venda nos olhos e constatei que ela balbuciava alguma coisa para a figura do quadro, a qual esboçou um risinho maroto ao perceber que eu a havia descoberto. A figura e a mulher mantinham um diálogo a meia voz; ela ignorou completamente minha presença, enquanto a figura acenava com a cabeça como se pretendesse dialogar comigo. Dei de ombros e saí andando, como se não tivesse percebido absolutamente nada. Estaria ali, naquele bizarro acontecimento, mais um indício de extraterrestres? Era a pergunta que carreguei comigo até a chegada ao hotel, sempre atento à possibilidade de estar sendo seguido por algum alienígena.

44

Jantar em casa de Gógol.

Convidaram-me para um jantar de aniversário. Não me deram grandes explicações. Eu mal sabia alguma coisa sobre os anfitriões, exceto que eram da Geórgia, a terra natal de Stalin. Houve alguma insistência nesse detalhe. Uma espécie de valorização do convite. Stalin! O detalhe mais precioso é o fato de saber que Gógol morou no mesmo prédio! Na falta de algum objeto para presentear o casal optei por levar duas garrafas da boa cachaça de Minas que trouxe na bagagem para eventualidades. O prédio de quatro andares era legítimo representante das decadentes residências populares remanescentes do período comunista, utilizados como habitação coletiva. Batentes ensebados, chão coberto de poeira, escadaria imunda coberta de dejetos humanos e o exíguo elevador para duas pessoas completavam a cena. Desisti do elevador e subi três lances de escada. Quando chegamos os outros convidados já se encontravam no apartamento. Seguiram-se as apresentações e entreguei meu presente brasileiro. Minha primeira impressão foi que os convidados que nos antecederam já estavam embriagados. Deram-me um copinho de vodka para experimentar e fiquei segurando a bebida sem me atrever a colocá-la na boca. A um sinal do aniversariante todos se sentaram em volta de uma grande mesa oval. Súbito os donos da casa se levantaram. O aniversariante fez um breve discurso, saudou as pessoas presentes, com ênfase ao brasileiro, e todos brindaram de pé tomando cada um o copo de vodka de único gole. A seguir a cena se repetiu com o casal do lado. Novo discurso. Novo brinde com vodka. Quando entendi que a roda iria girar até voltar de novo no aniversariamente me armei de cuidados. Passei a tomar água no lugar da vodka. Todos os convidados fizeram seus pequenos e barulhentos discursos e, obviamente, tomaram mais um copinho de vodka. Quando chegou a minha vez pediram-me para fazer o discurso em português. Fez-se um silêncio ameaçador. Eu disse meia dúzia de obviedades, procurando escolher as palavras e falar pausadamente os meus agradecimentos, na vã ilusão de que assim alguém iria entender alguma coisa. Falei da emoção de me encontrar ali entre os amigos russos e georgianos, comemorando aquele aniversário na casa onde havia vivido Gógol. Não mencionei o episódio de Moscou, da presença de Pushkin e Dostoiévski na universidade. Ninguém entendeu patavina, mas a menção do nome de Gógol no final do discurso despertou um entusiasmo ensurdecedor na pequena plateia. Todos se puseram a rir e a se abraçar e isso mereceu uma dupla comemoração com vodka. Dessa vez não pude me furtar a tomar vodka. Todas as atenções estavam voltadas para mim, de tal forma que não conseguiria substituir o copo de vodka por água. Terminados os discursos, calculei que três jarras de vodka haviam sido consumidas. Em seguida serviram o jantar. Como introdução, um delicioso prato de sopa Borsch, em seguida esturjão e um delicioso spaghetti ao molho de caviar. Durante o jantar, uma jovem russa de porte avantajado começou a conversar comigo. Era cozinheira numa fazenda de salmões, no mar Báltico. Para meu espanto contou que havia muitos brasileiros e mexicanos que faziam turismo por lá para a pesca do salmão. Meu copo não ficava um só minuto vazio. Juntaram à vodka toneladas de vinho tinto ralo da Geórgia, "o vinho de Stalin!", comentou um barbicha, sentado logo à minha frente estendendo o longo braço em cuja extremidade estava agarrada a uma taça de vinho da Geórgia. Depois de algum tempo percebi que o próprio Gógol estava sorridente ao lado da anfitriã. Esboçou um sorriso para mim, abaixando ligeiramente a cabeça. Parecia uma senha. Certifiquei-me de que ninguém mais o vira. Estendi meu copo de vinho na sua direção e o anfitrião entendeu que eu o estava saudando e, ato contínuo, levantou também a sua taça em minha homenagem. Gógol esboçou um sorriso maroto como se dissesse: "continue e não se faça de rogado". Lá pelas tantas um gigante de mais de dois metros de altura, com a barba na cintura, levantou-se — agora com um copo cheio até a borda da aguardente brasileira que eu havia levado, pediu silêncio, olhou para mim e começou a recitar em altos brados a escalação brasileira da Copa do Mundo de 1958. "Gilmar"! A plateia urrava e brindava com mais vodka. "Belline"! Mais urros. "Djalma Santos"! A gritaria se tornava cada vez mais intensa. "Didi"! O assoalho tremia a cada saudação dessas. Tive sérios receios de que iria desabar sob nossos pés. Eu estava simplesmente paralisado. Finalmente, quando pronunciou o nome de "Pelé!" erguendo o copo de cachaça até quase encostar no teto, a plateia veio abaixo. Em seguida todos se abraçaram e se beijaram. Era hora de partir. Em poucos minutos um táxi surgiu na rua deserta. Passava da meia noite. Ao entrar no táxi percebi que minha aventura ainda não havia terminado. O motorista era um moleque, tinha no máximo vinte e dois anos e parecia embriagado. Perguntou para onde íamos e falei o nome do hotel: Moskva Hotel, Hotel Moscou. Ele percebeu o sotaque e perguntou de onde eu vinha. Quando eu disse Brasil ele quase capotou o carro. Deu uma guinada no volante e fui parar do outro lado do assento, bem atrás dele. "Brasília, Brasília?" E acelerou para 120 Km/h e não parava de repetir Brasília, Brasília! No meio do caminho deu uma brecada subida e parou diante de um quiosque. Saiu do carro, deixando a porta aberta e se dirigiu ao balcão. Voltou com uma garrafa de cerveja Báltica e me ofereceu. Recusei gentilmente, enquanto ele tomava a cerveja no gargalo olhando para mim com seus pequenos olhinhos mongóis e repetia como um soneto: Brasília, Brasília! Temi que não chegaríamos vivos ao hotel. Ele colocou novamente o veículo em movimento e lá fomos nós para um destino bastante incerto. Por sorte, depois de alguns minutos, parou na porta do hotel. Desci e não aguardei pelo troco e caminhei em rápidas passadas para a entrada do hotel, enquanto eu o ouvia gritar: Brasília! Brasília!

45

Museu Dostoiévski.

Vou anotar apenas meia dúzia de palavras sobre minhas visitas ao museu Dostoiévski de São Petersburgo. Sou um velho conhecido dos seus diretores e talvez mesmo dos frequentadores mais assíduos. Tenho tamanha intimidade que até o prédio, o último apartamento do escritor, local onde viveu seus últimos dias e morreu me reconhece de imediato. Quando me aproximo da porta de entrada ele logo vem com uma saudação amistosa. "E aí, doutor, muito frio pela rua?" "Não mais do que ontem", respondo fazendo uma reverência. "E você?" — continuo — "Como tem se arranjado, exposto o tempo todo ao frio e à neve?" "Já não faz mais a menor diferença, faça frio ou faça sol". Vejo com muita simpatia esse velho prédio e sou todo ouvido aos seus lamentos, e ao tratamento afetuoso que me tem reservado, como quando ele me diz: "Os meus piores momentos foram durante a guerra, quando um morteiro explodiu bem diante da calçada, quase reduzindo a escombros a mim e a meus vizinhos". Sei que ele tem necessidade de conversar com alguém, mas não tem intimidade suficiente para abordar qualquer um. Então permaneço parado na frente do museu aguardando pacientemente o discurso do edifício. "Durante o cerco de 900 dias imposto pelos alemães" — ele continua, quase sem fôlego — "testemunhamos muita fome, muita miséria e até cenas de canibalismo ocorreram nos fundos, sem que pudéssemos fazer nada". Fico num silêncio respeitoso e dou-lhe espaço para prosseguir. "Depois da guerra tivemos outra batalha para arrumar dinheiro para a minha reconstrução". "Aos poucos acabei ficando com a mesma aparência. Por isso não posso me queixar". Esfrego uma mão na outra, protegendo-me do frio e anuncio que infelizmente preciso ir andando. "Parabéns, meu caro amigo. Voltamos a nos falar em outra oportunidade", e assim nos despedimos amistosamente.

46

Por causa desse conhecimento, certo grau de intimidade também permeia minhas relações com o amável pessoal que toma conta do museu. Numa das minhas visitas fui incumbido de uma misteriosa e surpreendente missão: examinar um doente numa das salas do museu. Pode parecer caricato e absurdo. Não é. O referido cidadão tinha algum grau de parentesco com uma amiga russa que sabia da minha presença ali. Os médicos russos andavam em baixa, creio eu. Por isso solicitaram minha intervenção. Fui examinar o cidadão sem ter em mãos meu endoscópio ou nenhum outro instrumento. Foi fácil fazer o diagnóstico. Tratava-se de um homem de cinquenta e poucos anos — mas aparentava mais idade. Era alcoólatra, desde sempre. Levei menos de dois minutos para fazer o diagnóstico. Ele se queixava de dores nas pernas, muito comuns em alcoólatras, e cuja causa está associada à ingestão excessiva de álcool. Meia dúzia de perguntas, uma apalpadela na barriga da perna do paciente e concluí: neuropatia alcoólica. O tratamento: encerrar de uma vez por todas a ingestão de álcool. O sujeito me olhou estupefato. Mal podia acreditar no que eu lhe dizia.

— Como então? Devo parar de beber? — e explodiu numa gargalhada sonora que dava gosto de ouvir. — Trégua na bebida! Não queira me complicar, compadre. Eu sou como a mula do papa que só bebe nas horas certas.

Dizendo isso se desvencilhou de mim e ganhou a porta da sala. Ainda ouvi seus passos acelerados descerem as escadarias do museu.

Entendi de imediato onde ele queria chegar. E iniciei uma reflexão automática. Na gargalhada estava explícito que ele jamais abandonaria o hábito da bebida. E mais: por que abandonar essa fonte de prazer, talvez a única que ele ainda preservava na sua miserável vida de vagabundo em São Petersburgo? Que importa a opinião da família preocupada? Que importa o que o mundo pensava dele? Fiquei durante algum segundo imobilizado, diante da coerente exclamação do bêbado, e voltei meu pensamento para as questões que vinha levantando fazia muitos anos. Lembrei-me dos meus pacientes de UTI, aos quais tentei preservar a vida — se vida poderia ser chamado o estado em que se encontravam muitas vezes —, lembrei-me dos olhares de súplica de muitos deles, que me imploravam uma morte digna e eu estava ali com o firme e arrogante propósito de lhes dar mais alguns dias, algumas horas de vida infame e sofredora. Todas essas questões me vieram à mente diante do bêbado russo do museu. Como somos ignorantes os médicos! Não falo de conhecimentos científicos, embora esteja convencido que maus e bons médicos carecem desses conhecimentos. Falo da falta de imaginação, da falta de um pouquinho de humildade e da arrasadora ausência de filosofia. "Não sei nada sobre a sua doença, meu filho!" Vocês já ouviram essa frase de algum médico? "Vou deixá-lo morrer em paz e com dignidade." E, essa? Alguém já ouviu? Tenho verdadeiro pavor de médicos, pois conheço suas manhas e patranhas, seu ar estudado de autoconfiança, como se fossem os representantes diretos do Todo Poderoso na Terra, a decidir o seu futuro — sua morte ou invalidez — nos minutos seguintes. Dei efusivos parabéns ao paciente, recomendando-lhe longa vida e saí para dar uma olhada geral no museu. Parei durante alguns minutos diante do par de grilhões que Dostoiévski arrastou na longa viagem até a Sibéria, imaginando quanto sofrimento havia naquela longa marcha em pleno inverno.

Desci as escadarias do museu e fui comer um sanduíche de arenque no mercado próximo. Depois saí em direção à estação Vladmirskaya, passei pela igreja de São Vladmir, dei uma olhada ligeira nos ícones, peguei a rua Lomonossova e desci até o cais da Fontanka. Fui invadido por uma doce e estranha melancolia. Havia um pequeno barco congelado e preso ao leito do rio, e seu ar de abandono contribuiu para meu inexplicável sofrimento. Era o meu último dia em Petersburgo, e eu me deixava envolver pelo clima gelado e sombrio com que o inverno rigoroso envolve a cidade. Os poucos transeuntes que encontrei na rua olhavam-me de viés como se suspeitassem de mim e de maneira nenhuma queriam compartilhar comigo meu incerto destino. Passavam ao largo, como se temessem algum tipo de moléstia contagiosa. Não pude imaginar como estava meu semblante, o qual na certa afugentava quem porventura se aproximasse. Saí de Petersburgo prometendo a mim mesmo que voltaria no verão. Ainda não sabia ao certo por que tinha que voltar, em parte talvez por motivo de estudos, mas com certeza por outras razões que a mim mesmo não me pareciam inteiramente claras. E lá fui eu por incertos caminhos, carregando comigo aquela vastidão de lembranças e recordações, convicto de que vivia meus derradeiros minutos em Petersburgo, antes de embarcar para uma viagem sem nenhuma garantia de retornar um dia.

Essa viagem à Rússia foi um divisor de águas. Eu deveria ter permanecido por lá. Sentia que ali era o meu lugar, mas um obstáculo intransponível me empurrava de volta ao meu país. A expiração do prazo do meu visto! Fui derrotado pela burocracia e voltei para cá. Para fazer o quê? Era o que me perguntava o tempo todo.

47

Anteontem, de manhã.

Voltei a pensar na "solução final"; por mais que me horrorize essa expressão "solução final". Sei que foi usada pelos nazistas para dar cabo de alguns milhares de judeus. Mas estou a falar da solução para o meu problema. Não se aflijam. Estou a falar do que me concerne, isto é: a minha própria e precária existência!

Basta, portanto! Chega de meias palavras! "O negócio", "a coisa", "o problema", "o assunto" que ocupa todo o espaço disponível na minha memória é este: o suicídio! Nada como chamar as coisas pelo nome correto. Tudo fica mais claro se damos logo nomes às coisas.

Nesse ponto, entretanto, deparei-me com uma contradição, um paradoxo, para ser mais preciso. Odeio qualquer tipo de violência, até mesmo contra os cães. Abomino o sofrimento de quem quer que seja e até pisar numa formiga me causa certo constrangimento. Talvez isso se deva às reminiscências do meu tempo de estudante, quando o meu bisturi fez o estrago no pescoço do gordo de quem já lhes falei. E como então hei de perpetrar tal coisa comigo mesmo? Foi pensando assim que comecei a arquitetar um plano mais sutil. Eu sabia que uma injeção de potássio na veia poderia pôr fim a todas as minhas questões, a todos os equívocos, aos desenganos, às frustrações e até mesmo ao meu atormentado pensamento. E conseguiria, dessa forma, livrar-me do fardo de viver sem qualquer tipo de sofrimento, sem violência, por assim dizer? Uma injeção de potássio e pronto! Estaria tudo liquidado!

Eu ensaiava esse tipo de raciocínio, pensando ter encontrado a saída para o meu dilema. Meu objetivo estava definido havia um bom tempo, restava-me apenas encontrar a maneira de executá-lo, e por aí, por esses caminhos tortuosos, fui me dando conta do paradoxo em que estava metido. É líquido e certo que a essa altura meus pensamentos eram lúcidos, coerentes e, por isso mesmo, me dei conta de que estava vivendo uma grande contradição entre meus propósitos e aquilo que eu defendia com veemência — a não-violência.

Nenhuma madre Tereza, nenhum Gandhi, apenas abomino a violência em qualquer das suas formas — oh! Meu Deus! — o homem jamais será dono do seu próprio destino!

Ora, uma criatura que se compraz em observar a natureza, que adora o sol e se comove com a fragilidade das mocinhas desamparadas, que chega a sonhar com viagens para lugares longínquos e desconhecidos, que se extasia ao contemplar os vitrais de uma antiga catedral, capaz de admirar desde o mais rude artesão até uma tela de Van Gogh, um Hans Holbein e seu Cristo Morto, que admira as coisas simples como o belíssimo voo das gaivotas sobre o cais enevoado de Santos no inverno, a imensidão do mar, o mistério do funcionamento do aparelho digestivo, teria que passar por mais do que uma revolução espiritual, no mínimo deveria sofrer uma grande transformação mental, até chegar ao ponto de pôr termo à própria vida. (Neste instante acabo de ser pego na minha própria armadilha!). Repararam que não usei a palavra suicídio? Alinhavei um mal disfarçado "pôr termo à própria vida". Uma figura de retórica, que me apresso a identificar. A única explicação — vou dizê-la com todas as letras: é medo! É de dentro do meu medo que faço esse contorcionismo verbal para alongar os meus dias. Cada palavra, cada vírgula, cada parágrafo, um sinal gráfico qualquer, é uma maneira de escapar do meu destino, ao que tudo indica inexorável.

Uma vez esclarecido esse ponto, não há como não mencionar razões para o ato, onde outros, supostamente, irão chamar de tresloucado.

Há razões desconhecidas, mas há as razões conhecidas. Elas — no meu caso — constituem um universo inteiro. Eis uma delas.

Não vou me alongar em demasia nessa estória, mas vocês merecem consideração e respeito por tentarem até agora penetrar o emaranhado do meu pensamento e compreender, nem que seja um fiapo apenas, daquilo que enumero sem constrangimento como sendo uma das muitas razões para antecipar a minha própria morte. É-me penoso confessar que não espero que se dê crédito a esta estória absolutamente extraordinária e, no entanto, prosaicamente doméstica que vou narrar. Talvez vocês também me considerem louco, com o que discordo com todas as forças do meu ser, e não se trata de nenhum delírio ou sonho, como muitos talvez venham a acreditar. Ninguém sabe o dia de amanhã. Amanhã talvez eu esteja morto. Meu interesse, portanto, é deixar ao mundo uma série de episódios domésticos (talvez um ou dois) que funcionaram como uma espécie de alavanca para o desmoronamento da minha quarta relação que, por pouco, não terminou em tragédia, e, sem a menor sombra de dúvida, contribuiu para que eu pensasse seriamente em dar cabo da minha existência.

Já lhes disse que não suporto bebidas, embora uma ou outra vez tenha me exposto aos seus malefícios. Não tenho, portanto, nenhum vício. Talvez, se quiserem chamar assim, eu tenha o vício do trabalho, o vício da minha profissão, e isso não chega a ser propriamente um defeito. E, possivelmente por ter passado grande parte da minha vida observando a corrosão que a bebida faz no esôfago e no estômago do bebedor, eu tenha adquirido esta aversão pelo álcool. Só há uma coisa que detesto mais do que cães, bebidas e bêbados: cigarros e seus fedorentos fumantes! Tudo o que foi dito acima teve o propósito de preâmbulo a uma estorinha que teve o álcool como protagonista, se posso assim me expressar. Não chego a enrubescer ao chamar essa pequena estória de "minha desilusão amorosa". Sei que parece ridículo, mas pouco me importa. Quando se chega a essa altura da vida, há muito pouco com que se importar.

Eu ia pela casa dos 45 anos. Àquela época, tinha até mesmo certa vida social. Isso quer dizer que frequentava os amigos, telefonava aos familiares, comparecia a uma ou outra vernissage e, de tempos em tempos, até me permitia jantar em um restaurante. Cheguei até mesmo a participar de um batizado. Aqui um parêntese. Aos 45 anos eu já havia saído do terceiro casamento. De cada um deles por motivos diferentes, de nenhum por motivo torpe ou vil, mas não vem ao caso dar explicações. E, por assim dizer, por acúmulo de fracassos matrimoniais, tornei-me celibatário convicto e resignado. Até que...

48

Eis a breve estória de um dos meus romances fracassados.

Eu saíra tarde da noite de uma comemoração, viajando a tal altitude que poderia alcançar Baco no Olimpo com a ponta dos dedos, apenas erguido sobre as pontas dos pés, ou seja: no maior porre. A mão bondosa de uma donzela, minha conhecida de outros carnavais, mas com a qual jamais tive qualquer tipo de contato, foi o meu anjo da guarda naquela noite.

Não vou entrar em detalhes, até porque os detalhes se perderam na amnésia que a absurda bebedeira mergulhou-me. Indo direto ao assunto: quando acordei, na manhã do dia seguinte, estávamos ambos nus, abraçados um no pescoço do outro. Tentei recompor os meus últimos passos e só me lembrei de ter saído da festa cantarolando um samba do Cartola: "Minha, quem disse que ela foi minha..." — ou alguma coisa parecida com isso. O resto era névoa só. Um espaço brumoso e úmido se abria dentro da minha cabeça.

Tratei logo de me recompor. Vesti rapidamente a roupa, escovei os dentes, alisei os cabelos, fiz barulho com a descarga e Mathilde despertou. (É óbvio que Mathilde não é nome verdadeiro, mas, por comodidade e, sobretudo por respeito, vou chamá-la assim).

Ao contemplar a bela e indefesa escultura de Mathilde sob os lençóis, um pensamento começou a corroer a minha mente como uma erva daninha: "talvez pudéssemos viver juntos", pensei de dentro da minha solidão. Foi o meu erro. Não é preciso dizer mais nada. Duas semanas depois, Mathilde já era minha amante havia quatorze dias. Antes eu tivesse lavado os olhos com vinagre para contemplá-la na sua beleza inerte, indefesa, enchendo o meu quarto de vida, perfume e sensualidade.

No início, tudo transcorreu no melhor dos mundos. Mathilde era uma mulher atraente e sensual, do tipo que desperta a curiosidade e o interesse na imensa maioria dos homens. Eu procurava observá-la sob todos os pontos de vista e isso tinha um propósito bem definido. Eu contava com a experiência (ou a falta dela) nos meus três relacionamentos anteriores. Não pretendia me iludir facilmente outra vez. Mathilde, como qualquer ser humano, tinha seus defeitos, nenhum tão grave que ofuscasse as suas virtudes. Nossa situação teve uns 4 anos de estabilidade, depois disso vivemos juntos sem que nenhum dos dois pudesse jamais explicar o motivo. Ela era absolutamente objetiva nas questões sexuais. Talvez por isso tenha agido com naturalidade ao me ver todo atrapalhado, vestindo as roupas às pressas, tentando dar um jeito na cara, após a nossa primeira noite juntos. Isso, porém, não quer dizer que ela fosse desprovida de romantismo. E aqui vou direto ao detalhe que interessa, ou seja, a razão (ou uma delas) do fracasso da nossa união. Mathilde incorporava um dos maiores mistérios que eu, como gastroenterologista, pude deparar ao longo da minha carreira. Ela era absurdamente comilona e, durante os sete anos que estivemos juntos, não engordou uma grama sequer. Isso pode parecer apenas um detalhe desprezível, mas aí reside quase toda a causa da nossa separação; quase toda, pois ainda hei de lhes confidenciar pelo menos mais uma estória a qual me reservo o direito de não antecipar.

Muito cedo percebi que toda a vaidade, os sentimentos de orgulho, inveja, sensibilidade, altruísmo, amor à infância desprotegida, ambição, carinho, compaixão por deserdados, patriotismo (seja lá o que for que signifique essa palavra), e até mesmo raiva, instinto de ascensão social, se tinham nela ligado, por um desses mistérios insondáveis da natureza, não ao coração ou à mente, como seria de se supor, mas ao assim chamado *tractus abdominalis*, à comilança desenfreada. A tudo isso eu estava disposto a achar bastante natural. Ela saía da mesa do café (uma lauta mesa, é bom que se diga) e ia direto ao banheiro. Saía do almoço ou do jantar tendo sempre o mesmo destino: o banheiro mais próximo. Cheguei a imaginar que ela talvez fizesse como os antigos romanos que após uma orgia gastronômica estimulavam a própria garganta com uma pena de ganso, provocando o vômito. Supor, eu supunha, mas mantive a esse respeito um silêncio indevassável.

Com o passar dos anos Mathilde foi envolvida pelo manto diáfano da indolência e da preguiça. Acabou se aposentando precocemente por uma doença que pareceu misteriosa aos infortunados colegas que a atendiam. Mas estou me antecipando.

Muito antes da aposentadoria — insisto nesse fato porque foi um divisor de águas na nossa relação (talvez eu devesse dizer: 'divisor de corpos', pois foi bem isso o que aconteceu) — muito antes, portanto, da aposentadoria, seu mundo já havia se reduzido à comilança desenfreada e às suas idas e vindas ao banheiro. Embora assim o fizesse, seu corpo permanecia inalterado. As coisas evoluíram de tal maneira desde essa época, que nossa rotina noturna era sermos interrompidos por seu apetite pantagruélico. Ela interrompia o ato, arregalava uns olhinhos matreiros e dizia:

— Espere um pouquinho que vou comer um pudim.

Assim, com a maior naturalidade. Como se fosse o ato mais trivial que um ser humano pode fazer numa hora dessas. Comia o pudim e, ato contínuo, ia direto ao banheiro, antes de voltar para a cama.

Nada disso, porém, me teria feito abandoná-la ou deixar a nossa vida rolar morro abaixo como de fato acabou por acontecer. O desenlace veio pouco depois de um dia em que ela chegou de São Paulo trazendo um corvo, ou o filhote daquilo que, em 3 meses, se transformou num corvo. Devo dizer que minha ojeriza aos cães não se estende a nenhuma ave. Desta forma vi até mesmo com certa naturalidade a entrada do novo habitante em nossa casa. Achei que um pássaro, mesmo sendo ele um corvo — sempre associei o corvo com alguma coisa sinistra, provavelmente devido a antigas lembranças de estórias infantis — poderia ser útil à solidão à qual Mathilde se havia entregado. Ela ficava o tempo todo com o corvo no colo. À medida que a ave se desenvolvia passou a ter mais liberdade. Eu encarava tudo aquilo como certo exagero; o corvo ora estava sobre o ombro dela, ora repousando tranquilamente sobre a cabeça e, muito cedo, pegou o hábito de bicar-lhe o couro cabeludo como "uma forma de carícia", segundo suas próprias palavras. Vocês hão de entender que, a essa altura, eu já havia adquirido o direito de perder as estribeiras. Na verdade isso levou mais tempo do que eu supunha para acontecer. E, se querem mesmo conhecer toda a verdade, isso jamais aconteceu. Vocês aguardem e verão que explico tudo.

De nada adiantou algumas ponderações supostamente razoáveis que eu fazia, sobretudo naqueles momentos que se tornaram insuportáveis aos meus olhos, ao presenciar, por exemplo, o corvo comer com ela no mesmo prato, beliscar um cravo na orelha dela, e, o que passou ser a obsessão de ambos foi ter os fios de cabelo arrancados com bicadas. Com o tempo os cabelos nasciam mais cada vez mais finos e foram se tornando cada vez ralos até o ponto em que ela ficou com uma clareira bem no alto da cabeça. Sem os pelos para bicar, o corvo passou a beliscar o próprio couro cabeludo, até aquilo se transformar numa crosta inflamada, cheia de pontinhos avermelhados.

Foi nesse momento que resolvi tomar uma decisão. Mas o meu lado médico, de querer enxergar tudo o que se passa ao meu redor como um caso clínico, ao invés de aceitar com naturalidade o carinho dela por uma criatura tão indefesa e, por que não dizer, simpática, como é o corvo, precipitou uma série de acontecimentos que acabaram botando tudo a perder. A curiosidade anormal que eu exercia sobre tudo o que acontecia ao meu redor poderia ser atribuída a certa inclinação científica, uma manifestação do espírito cartesiano que nós, os médicos, guardamos desde os primeiros dias do curso de Medicina. Mas reconheço que, no meu caso, a coisa ultrapassava os limites do razoável. Comecei por me dedicar com afinco ao estudo dos hábitos das aves. Li e reli enciclopédias e até mesmo uma dissertação de mestrado sobre o comportamento dos corvos. Descobri, por exemplo, que corvo ou *corvu*, do latim, é da família dos corvídeos, originário das regiões neártica, paleártica e oriental. Aprendi que a fêmea não difere em nada do macho, que é impossível distingui-los pela aparência. Imagino que no nosso caso, ou se quiserem, no caso de Mathilde, o corvo era macho, pois ela o chamava de Jonathan — reflitam bem: Jonathan! Aprendi ainda que o *Corvus brachyrhynchos* — é esse o nome de família de Jonathan —, não migra grandes distâncias, mas que centenas deles costumam se agrupar e passar a noite juntos (fazendo o quê, sabe lá, Deus!) e que, ao nascer do dia, se dispersam, indo cada um para o seu canto. Que a fêmea bota no máximo seis ovos verdes opacos com manchas marrom escuro, que por causa do seu apetite voraz por grãos e alimentos outros que sustentam os animais, os corvos são a maior praga que pode existir numa fazenda. Duas questões me surpreenderam porque faziam nexo com a situação de Mathilde e seu corvo. A primeira é que — para meu desespero — descobri que os corvos são considerados entre os mais inteligentes pássaros do Planeta e que muitos jovens corvos tornaram-se show-birds pelo mundo afora, pois são capazes de aprender muitos truques, havendo até mesmo os que aprendem a falar como os papagaios. Uma das características mais surpreendentes é o fato de serem exímios larápios, pois roubam pequenos berloques, sobretudo se forem lustrosos, e os escondem pela casa. (Até hoje procuro por um colar de contas metálicas iranianas que me servia de amuleto, que ganhei de presente de uma família, depois de ter arrancado com sucesso, sempre com o auxílio do meu endoscópio, um pequeno besouro que o garoto engoliu e ficou encravado na entrada do estômago). Mas que mistérios escondem-se na cabeça de uma mulher! Não é que a palavra corvo, em inglês, também é *raven*! E que essa palavra designa apetite voraz, desejo incontido! Oh céus! Quanto segredo Mathilde ainda me reservava!

No Brasil, como todos sabem, o parente mais próximo do corvo é o urubu. Graças a Deus Mathilde optou pelo corvo, mais higiênico, mais sábio, menos asqueroso. Nada do que apreendi, entretanto, explicava a simbiose que eu presenciava diuturnamente na minha própria casa. Restava-me o estudo minucioso da minha própria mulher. Mas, quando cheguei nesse ponto, já era tarde demais. Eu já tinha outros projetos em mente. Resolvi protelar minha decisão de partir, com um laivo de reconhecimento àquela criatura que já havia sido minha companheira por tantos anos. Se não houvesse mais amor ali, haveria, certamente, uma grande e respeitosa amizade. O que eu poderia fazer para amenizar o que na minha cabeça passava como um sofrimento, um desequilíbrio de Mathilde? Então abandonei as minhas críticas e tentei uma aproximação que hoje reconheço: absurdamente anormal. Passei eu mesmo a cuidar do corvo, o que, pelo menos no princípio, foi uma tarefa inglória. A ave mal podia me ver e já elevava as asas no alto e grasnava em inglês em altos brados: *craw! craw! craw!* Era preciso a intervenção de Mathilde para apaziguar o bicho. Aos poucos ele foi se afeiçoando a mim. Cheguei a lhe fazer uma carícia no alto da cabeça e foi essa a maior intimidade que nos permitimos. Mathilde se divertia com essa minha mudança de rumo em relação às suas esquisitices. No entanto, tratava-se de uma estratégia; eu queria ganhar a confiança dela e do corvo. Queria atingir aquele grau de intimidade que me permitisse — vou logo ao assunto — dar cabo dele de forma que tudo parecesse um acidente. Uma tarde Mathilde saiu e deixou o corvo empoleirado na cabeceira da cama. Acabei o almoço e saímos. Assim que me desvencilhei de Mathilde, tratei de voltar apressadamente para casa e dar cabo do corvo. É evidente que eu deveria fazer isso de forma dissimulada a parecer natural. Imaginei inúmeras possibilidades, inclusive a de facilitar a entrada de um gigantesco gato da vizinhança em nosso quintal. Eu já o surpreendera de olhos cúpidos em direção ao corvo, uma vez que se empoleirou sobre o muro da nossa casa. Deixei tudo isso de lado e fui eu mesmo sacrificar o bichinho. Para minha surpresa, ele não ofereceu nenhuma resistência ao meu afago. Em poucos segundos dei um laço num cadarço de sapato e esganei o desafeto. Ele não deu um pio, apenas uma pequena convulsão, um bater histérico de asas e apagou. Retirei o cadarço e coloquei o corvo deitado placidamente sobre o travesseiro de Mathilde. Depois disso saí apressadamente e fui atender o consultório, com uma sensação de alívio que havia muito não experimentava.

Mathilde — pobre Mathilde! — não questionou nenhuma das explicações científicas que enumerei para justificar a súbita morte do corvo. Falei em sedentarismo, não me furtei de borrifar sobre ela certa parcela de culpa, quando lhe disse que o fato de o corvo se alimentar de comida humana talvez tivesse contribuído para o entupimento das suas já finíssimas artérias do coração. Abri um livro e mostrei-lhe o quanto é comum a morte de pássaros por infarto, canários estressados durante uma briga podem apresentar morte súbita, araras solitárias, papagaios muito afoitos, e uns quantos outros. Infarto e ponto final.

Mathilde chorou durante 3 dias consecutivos, depois de enterrar o corvo no quintal com grande solenidade — à qual acompanhei do começo ao fim, com o ar compungido que se deve fazer em tais ocasiões.

49

Há tempo de nascer, e tempo de morrer. Tempo de plantar, e tempo de arrancar o que se plantou: Tempo de matar, e tempo de curar. Tempo de derrubar, e tempo de edificar. Tempo de chorar, e tempo de rir. E, no silêncio respeitoso que se deve ter pelos mortos, sejam eles quais forem, eu tivera também o meu tempo de rir. Rá-rá-rá-rá, eu gargalhava no silêncio da minha vitória.

A estória já poderia terminar por aí, não fosse um fato ainda mais alarmante que aconteceu justo na semana em que decidi abandoná-la definitivamente. Ela arranjou um camundongo albino, um verdadeiro rato de laboratório, e começou logo a domesticá-lo. Não quero me alongar mais sobre o inferno que desabou sobre nós daí em diante. Mas é preciso dizer que na terceira noite em que a ratazana se instalou em nossa casa, à noite, foi parar em nossa cama. O corvo perdia seu lugar na cabeceira ou na cabeça de Mathilde e o camundongo ganhava o aconchego do nosso leito conjugal. Em pouco tempo aprendeu a despertá-la enfiando os longos pelos do bigode na sua orelha, abanar o rabo de maneira ritmada quando ouvia música clássica, sobretudo quando Mathilde colocava as Variações Goldberg, de Bach, executadas por nada menos do que Glenn Gould. Fui tomado de tamanha antipatia por Glenn Gould e as Variações Goldberg que quando fui ao cinema, tentando aliviar um pouco as tensões, assistir ao *O silêncio dos inocentes*, tive de sair na metade do filme. Justamente no momento em que Anthonny Hopkins, no papel de maluco sanguinário, enjaulado na prisão, começa a ouvir as Variações Goldberg, delirando de felicidade.

Não foi uma nem duas vezes que ouvi Mathilde dizer: "o rato é o animal mais inteligente da natureza", o que já me parecia certa infidelidade ao falecido corvo. Em todo caso, eu me calava nessas horas. De nada adiantou minhas ponderações de que urina de rato transmite uma doença mortal, a leptospirose. Ela apenas respondia:

— Mas ele é tão limpinho!

Aguardei pacientemente os dias escorrerem, penosos para mim. Pensei — com horror! — que eu acabaria por exterminar também com a pobre Mathilde. Digo-lhes, do fundo do coração, que ponderei séria e longamente nessa possibilidade. Deus me poupou dessa desgraça. Decidi que antes, ou melhor, unicamente, eu deveria acabar com o rato. Mas não posso negar que durante muito tempo pensei a qual dos dois eu deveria reservar esse fatídico destino. E me lembrava de que para tudo há um tempo determinado, e há tempo para todo o propósito debaixo do céu. Há tempo de matar e tempo de curar...

Não poderia agir de outra forma. Eu jamais conseguiria eliminar Mathilde, o jeito era dar cabo do rato. Ato contínuo: passei a usar com o rato a técnica que já dera certo com o corvo. Depois da primeira noite de horror em que não consegui pregar o olho um minuto sequer com o rato adormecido sobre o peito de Mathilde, passei a tomar um tranquilizante para poder conciliar o sono e aguardar. Mathilde objetou que o tranquilizante poderia dar-me um sono muito profundo e que eu poderia acabar virando na cama e esmagar o coitado do camundongo. Hipótese que aceitei como razoável e me obriguei a dormir sem remédio, virado de costas e absolutamente imóvel, um olho no teto e outro no camundongo. Contabilizava o número das minhas incursões respiratórias, tentava fazer coincidir a minha inspiração com a de Mathilde ou as do rato, contava carneirinhos e tinha pesadelos povoados de corvos e ratos albinos de todos os tamanhos, e nisso passava a noite inteira.

Comecei, disfarçando meu asco, a me aproximar cada vez mais do camundongo. Incumbi-me — ai de mim! — de dar-lhe o banho diário, comprar suas rações sofisticadas e cheguei a pegar-lhe no colo algumas vezes.

Mathilde se mostrava comovida e afetuosa com a minha atenção com o último objeto do seu fetiche, se posso chamar assim.

Vocês já entenderam que o que eu mais desejava no mundo, sem rodeios, era matar a ratazana! Que já estava absolutamente determinado a fazer isso. Que os planos estavam em andamento. E que ansiava por ver chegar essa hora. Pois bem, o dia chegou. Foi justamente no dia em que minha sogra — minha desafeta declarada! — chegou para uma visita de três dias. Mataria dois coelhos de uma só cajadada, ou melhor, de um único golpe feria de morte o rato, e, de raiva, a minha sogra, além do que provocaria o sofrimento pedagógico e necessário a Mathilde. Aguardei pacientemente o momento certo. As duas saíram para a praia, eram umas 9 horas da manhã. Fazia um dia maravilhoso de abril, quando Santos toma ares de paraíso, céu sem nuvens, manhã de sol ameno, uma beleza. Eu estava radiante com a boa chance. Afaguei o rato, levei-o até o colo e preparei o laço. Nesse instante, o desgraçado, como se tivesse percebido todas as intenções que navegam em silêncio no mais profundo da minha alma, travou os dentes com tal violência no meu dedo indicador da mão direita que senti o osso ser transfixado. Nenhuma dor pode ser comparada com o que senti naquele momento. Pego de surpresa, por assim dizer, levei um susto imenso e senti uma dor atroz. Pulei da cadeira balançando a mão com o rato agarrado firmemente no meu dedo, enquanto os seus olhinhos miúdos, brilhantes, vermelhos e arregalados me contemplavam como se verdadeiramente houvesse uma inteligência maligna oculta por trás daquele olhar. Levantei o braço o mais alto que pude e o rato continuava lá, agarrado ao meu dedo como um par de tenazes. Da altura em que a minha mão e o rato se encontravam, eu os fiz desabar com toda força sobre o assento da cadeira. O rato deu um guincho, soltou um pouco de excreção pelo ânus, mas não me largou o dedo. Continuava me olhando com os olhinhos ferozes e vermelhos. Levantei de novo o braço e o desci com força, o rato agarrado ao dedo, e bati-o violentamente no ladrilho. Nada! O rato, agora meio amassado, continuava com os dentes cravados no meu indicador. Oh! O horror! O que não faz o homem no auge do desespero! Não tive tempo para raciocinar. A dor e o ódio embotaram os últimos traços de humanidade que havia em mim. Levantei-o até à altura da minha boca e dei-lhe uma mordida na cabeça, esmagando o seu crânio como se fosse uma cobertura crocante de alguma sobremesa. Foi a única forma de destravar os dentes do infeliz. Depois disso tive uma semana de febres e delírios. Ninguém entendeu absolutamente nada. Apenas minha sogra olhava-me com certo ar de desconfiança e perplexidade. Daí em diante Mathilde passava os dias cantarolando no quintal. Acabou seus dias internada numa clínica onde de tempos em tempos eu ia visitá-la.

50

Rememorar esses fatos ainda me é muito doloroso. Faço-o agora, mas não estou absolutamente convencido de que tenha sido fiel aos detalhes. Mas, de maneira geral, é o que resta na minha memória desses dias fatídicos que marcaram uma boa parte da minha existência.

Enquanto escrevo o diário, parece haver uma espécie de diluição da ideia. Rememoro estória sobre estória e a coisa não chega ao fim esperado. E vocês dirão: "Mas isso é pura covardia!" E como! Não há, pois, como discordar. Vou por este caminho e às vezes tropeço e não sei mais o que fazer. Procuro arrolar os verdadeiros motivos, a tese e a antítese que — pelo menos aos meus olhos — justificariam medida tão drástica. Aí me ocorrem uma infinidade de razões, como já lhes disse. Vejamos algumas outras.

Ponho-me a me perguntar se já não deveria ter se suicidado uma criatura dessas, como eu, que viveu a experiência acima, e esta que estou prestes a lhes narrar e se saiu dela de forma tão abjeta. Sei que me atraso; sei que deveria ir logo à estória, mas, mantenham a calma. Não posso prosseguir conforme a vontade de vocês. A coisa toda vai acontecer de conformidade com meus parcos (é bom que se diga: parcos!) recursos. Bom, finalmente, eis um dos mais sérios motivos que me indicaram o caminho do suicídio. Antes, uma última digressão. Quem foi mesmo que disse "o único problema sério com o qual devia se ocupar a filosofia é o suicídio"? Em todo caso, isso pouco importa, não interessa agora. Também não me interessa o que disseram os filósofos. Na certa, o autor era um revoltado. Sim! Isso mesmo: um homem revoltado! O que não é absolutamente o meu caso. Eu diria mesmo — por mais inverossímil que possa parecer a vocês esta minha afirmação — eu diria que sou absolutamente um homem tranquilo, cordial e sereno. Não há o menor indício de revolta em meu ser. Caminho pela vida com a paz das andorinhas e, sem fazer o menor ruído, sem nenhum alarde ou revolução. Logo, não venham dizer-me sobre o meu túmulo: "Coitado, era um revoltado." Nunca! Não posso admitir! Tive na vida — embora isso seja um clichê e vocês estarão pensando: "Ele vai nos impor mais um" — certo, seja lá, como ia dizendo, tive na vida muito mais do que almejei. Termino-a (a vida, é claro!) muito melhor do que comecei. Hoje tenho meu endoscópio e uma profissão digna, nenhuma sinecura — rejeitei todas que se estenderam diante de mim. Vivo só, isso é verdade e lhes daria de presente mais um clichê, se não fosse abusivo e não quero parecer autoritário. Mas seja, vá lá: às vezes é melhor só. Agora, penso eu, devo voltar à análise do primeiro motivo verdadeiro que me levou inexoravelmente a essa estória do suicídio. É uma estoriazinha, não mais do que meia dúzia de linhas. Ei-la: eu vinha caminhando pela rua, o pensamento imerso nesse mar de questões que tenho levantado desde que completei 65 anos — curioso: faz exatamente 3 anos, 4 dias e 2 horas que os completei. Depois disso, não tive mais sossego. É como se aos 65 anos tivesse ocorrido na minha vida um divisor de águas. Algo assim: "Pois bem, agora vai ser diferente. Vamos ao que verdadeiramente nos interessa: o suicídio!" Dessa data em diante, não parei de pensar "no assunto". Sei que os aborreço com essas longas introduções e interrupções, mas me declaro incapaz de fazer de outra maneira. Vejamos. Eu, como já dizia, vinha caminhando. Ao passar por uma janela aberta, alguém, uma criatura da pior catadura possível, disparou uma cusparada. O míssil, se posso assim me expressar, por pouco não me atingiu em cheio, no rosto. Apenas um passo mais acelerado e isso fatalmente não teria acontecido. Mas, felizmente, aquilo me atingiu no ombro esquerdo. Eu havia olhado para o interior daquele cômodo miserável, onde pessoas trabalhavam, por mera curiosidade. Depois entendi que naquele quarto de subúrbio funcionava uma alfaiataria. O alfaiate, ao perceber que a cusparada havia me atingido, ficou paralisado, ainda com uma das mãos suspensas no ar para limpar os últimos resíduos de umidade nos lábios. Eu, de minha parte, também estaquei na calçada. Aquilo era demais. Vocês estarão loucos para saber como reagi, não é? Pois bem, imaginem-se, portanto, numa situação semelhante. Isso os possibilitará ter uma ideia do que aconteceu a seguir. Eis aí o cerne da questão. Olhei o alfaiate com um ódio mortal e um desprezo incomensurável, mas principalmente ódio. Ele me fitava sem saber o que fazer. Um sujeito normal — normal já me parece exagero, mas uma criatura digna — teria no mínimo esbofeteado o pilantra. E o que fiz? Vocês serão capazes de imaginar? É verdade que ele se desculpou, enquanto eu, em pensamento — mas só em pensamento —, o crucificava. Eu pensava em como um cidadão — se é que tal pessoa deva ser assim considerada, mas, enfim, sou um homem de boas maneiras, poderíamos assim dizer — eu pensava: "Isso, esse cidadão, é um ser desprezível". E mais: "É por causa de gentalha dessa espécie que o país se arrasta nas fraldas do mundo subdesenvolvido". "É um ser desprezível, sem nenhuma noção de civilização, um animal! Um animal!" "Alguém que lança uma cusparada pela janela em pleno dia, não podia estar à solta e trabalhando como qualquer um. Deveria ser jogado nas masmorras, para esse sim, o *Carandiru*[*] seria uma doce solução". Tal era o meu pensamento naquele momento. E tudo isso me ocorreu numa fração de segundo. Eu estava cego de ódio. Para mim seria indiferente se aquele homem caísse ali fulminado por um raio. Mas, eis o que aconteceu. Ele levou as mãos ao rosto e ficou branco como cera e balbuciou: "desculpe, pelo amor de Deus me desculpe, eu... eu..., me desculpe, eu... nunca... eu, me desculpe." Pronto. Bastou isso para que eu me transformasse na mais abjeta criatura. Simplesmente passei um pedaço de papel — uma conta de luz que já estava paga, mas ainda continuava no meu bolso — passei o papel, retirei dali a placa repugnante e, o pior, o pior estava para vir: abri um sorriso enigmático, quase que de bem-aventurança. Nesse ponto, o alfaiate ficou inerte como um bloco de granito e não entendeu nada. Vocês

---

[*] Presídio localizado no bairro homônimo da cidade de São Paulo, inaugurado na década de 1920. Com capacidade máxima projetada para 1200 detentos, chegou a abrigar mais de oito mil presos. A história do Carandiru está marcada por crises e rebeliões, que culminaram com o famoso "Massacre do Carandiru", de 1992, quando 111 detentos foram mortos pela Polícia Militar de São Paulo. Esse fato, que teve grande repercussão nacional e internacional, "inspirou" o poeta Celso de Alencar, oriundo da Geração Marginal dos anos 1970, a escrever o poema mais áspero, violento, surreal e absurdo (mas, ao mesmo tempo, um dos mais belos e ternos) da Língua Portuguesa, intitulado "As cento e onze picas", que integra a coletânea *Poemas perversos*. (N. do E.)

estarão pensando que eu o perdoei quando ele murmurou aquelas palavras "pelo amor de Deus me desculpe", etc, etc. Aí é que está o problema. Não houve perdão algum. Nem de longe me passou pela cabeça a ideia de perdoá-lo, nem mesmo quando o ouvi pronunciar "pelo amor de Deus". Confesso que essa frase foi totalmente inesperada. Alguém que atinge um pedestre com uma cusparada pela janela, pedir perdão "em nome de Deus"! É algo perfeitamente inusitado. Reparei nisso, é evidente que reparei. Mas não me comoveu um fiapo sequer. Ora bolas! E então? É simples, cuspir pela janela, atingir o semelhante e se desculpar em nome de Deus! "Vá para o diabo que o carregue!", foi o pensamento que tive, enquanto me abria naquele sorriso odiento que o deixou perplexo. E como explicar o sorriso, agora sim, vocês estarão se perguntando? Pois bem, preparem-se para o desfecho nada usual dessa pequena estória. O sorriso não era uma falseta. Eu pulei do ódio mais aguerrido, imediatamente para a mais pura sensação de felicidade. Insisto: é importante que vocês deem credibilidade às minhas palavras! Eu realmente me percebi feliz de ter sido o alvo daquele torpedo orgânico. Isso mesmo! Assim, claro como o dia. Aquilo tocando em mim, de certa maneira — abjeta, eu bem sei —, aquilo denunciava a minha própria existência. Ora, alguém que não existe, que não tem pensamentos próprios, que não é capaz de odiar ou de perdoar, que não pode nem ao menos ser o alvo de uma cusparada anônima, não pode ser humano. Eis a questão. "Ih! Filosofa!", vocês estarão dizendo. Negativo. O ter acertado aquilo em mim, mostrou-me, naquele momento, apenas naquele momento — a ressalva é importantíssima!, não a esqueçam — o ter sido vítima daquele disparo me deu uma espécie de consciência de mim mesmo, de que eu permanecia vivo, eu havia sido distinguido de alguma maneira. Por isso, fui grato àquele homem que, minutos antes, eu desprezava como a mais vil das criaturas. E por que exigi de vocês a lembrança da ressalva "foi só naquele momento"? Óbvio, pois não estarão vocês também pensando que sou um maluco, ou uma figura de retórica ou personagem de novela, não é? Sou tão real e lúcido agora como o sempre fui! Mas, embora lúcido, tenho dificuldades em controlar meus pensamentos e certas reações que advêm deles, principalmente pensamentos muito abruptos, não aqueles longamente acariciados. Procuro me explicar melhor. Quero deixar bem claro essa equação. Vocês aguardem mais alguns segundos e terão a chave do mistério. Vejamos: um homem asqueroso, sem nenhuma educação, um trânsfuga, enfim — para usar uma palavrinha em desuso —, cospe através da janela, podendo com esse ato ignóbil e vil, atingir qualquer pessoa: um velho doente, uma criança, um fiscal da Receita, um vendeiro, um gerente de banco, um corretor de seguros, uma bela enfermeira ou um brutamontes. Atingiu a mim. O que eu deveria fazer? No mínimo, esmurrá-lo, puxá-lo pelos cabelos e arremessá-lo ao meio da rua. E o que faço? Simplesmente abro-lhe um sorriso de felicidade. De contentamento verdadeiro, de puro agradecimento. Odeio-o por ter feito o que fez e sorrio, ficando claro para ele que, no mínimo, o perdoei ou talvez — ele pode sinceramente ter concluído assim — talvez eu tivesse mesmo ficado feliz em receber a cusparada. Concluo, naquele instante que, ao me sentir alvo mesmo de uma coisa tão asquerosa, isso me dava a perfeita noção da minha autoconsciência. Era quase uma glória. Eu era finalmente um ser humano, perambulando pelas imprevisíveis ruas do país! Muito bem, acontece que isso foi o pensamento "daquele instante" — lembram-se da ressalva? "Só daquele momento!"

Quando cheguei em casa, pus-me a meditar sobre o ocorrido. Como não admito nenhuma dúvida sobre a minha sanidade, cheguei à mais deprimente das conclusões. Sou eu mesmo o ser mais abjeto. Eu próprio é que me tornei descarnado de qualquer vestígio de sentimento humano, do menor respeito comigo mesmo. Eu deveria ter feito tudo ao contrário. Eu não poderia ter agido daquela maneira. E aqui, nesse ponto, como não ser verdadeiramente grato ao alfaiate que, afinal, permitiu-me chegar ao cerne da questão? Logo, eu pergunto a vocês: diante do ocorrido sou ou não uma criatura desprezível? Mereço ou não continuar vivendo? Eis a terrível questão que lhes coloco.

51

Já vai longe o tempo em que um autor (qualquer um) disse: "a bondade é como a saúde: quando se a tem, não se percebe". Comecei o dia assim. Poderia se dizer: inspirado, mais do que inspirado: feliz. O pulmão cheio de ar, a cabeça repleta de... ideias!? Por mais que passem os anos, e então, como nos lembramos da felicidade, dos momentos de verdadeira felicidade! Viva! Vivamos todos. Estou vivo! Hoje como ontem, ou anteontem. E hoje é o dia do meu aniversário. Não se esqueçam desse dia: 14 de dezembro de 1997, dia, hora, mês e ano em que nasci. Mas nada disso importa. O que verdadeiramente conta é a felicidade, essa alegria de acordar pela manhã, beliscar a própria pele e saber-se vivo. Aí me levantei, corri até a varanda. Lá estava a corda, amarrada na trave de madeira, balançando ao vento, vazia, vazia. E isso não é a felicidade? Não importa por quanto tempo dure a felicidade... a felicidade...

Resolvi dedicar toda a manhã a escrever minha carta de despedida. Logo cedo me toquei de que todo suicida que se preza, preza aos outros que lhe são caros e para os quais deve sempre explicações, mesmo que sejam explicações post-mortem. Em seguida surgiu o primeiro problema. A quem endereçá-la? Pensei em enviá-la a um antigo desafeto. Um sujeito que, bem no início da minha carreira, nutria um ódio misterioso a meu respeito. Acabei por me afeiçoar a essa pessoa, depois, como o ódio tomasse proporções descomunais, resolvi me afastar. Fiquei sem ter notícias dele por vários anos. Até que li no jornal uma nota sobre o seu falecimento. Agora, que tudo passou, como não guardo nenhum tipo de ressentimento, poderia esclarecer a ele ou aos que lhe sobreviveram detalhes dessa nossa convivência singular.

> Meu caro cidadão, fulano de tal
> Sua ratazana de hospício! Todo o ódio que destilaste em minha direção agora jaz por terra junto do teu espectro, ao qual hei de me juntar em breve. Que nossos ossos se abracem sob a terra.

A ideia não me pareceu má. Mas talvez eu tenha pessoas mais interessantes a quem dirigir o meu último adeus.

Eu estava nesse ponto, quando me assaltou outra dúvida. A quem eu deveria confiar minhas anotações? Tudo indica que deveria confiá-las a uma pessoa das minhas relações, um amigo. Um amigo? Isso não me parece sensato, é até meio extravagante. Quem, à beira da própria morte, pode acreditar que tenha amigos dispostos a ler com isenção notas íntimas de um amigo morto? Em boa hora assisti ao enterro do figurão e ouvi os diálogos de além-túmulo. Não vou me iludir assim tão facilmente.

Enquanto a situação não se resolvia, fui até a estante. Meu mundo agora está reduzido-expandido ao pequeno espaço das prateleiras onde guardo os meus livros. De tal forma que quando me levanto da mesa, quando o faço e, raramente o faço, é para dar dois únicos passos até a estante e voltar com um livro nas mãos. Dessa vez pulei a sequência costumeira e fui direto à letra B. Peguei o primeiro e o abri, deparando-me com esta frase: "no mundo ainda não ocorreu nada definitivo, a última palavra do mundo e sobre o mundo ainda não foi pronunciada, o mundo é aberto e livre, tudo ainda está por vir e sempre estará por vir." Perfeito. Eu próprio não faria melhor. Passei o resto do dia copiando a frase num caderno — enchi 5 páginas — ou meditando no significado profundo e transparente da frase. Essa leitura, aparentemente enigmática, teve significados desconcertantes para o meu estado atual. Vamos por partes: "No mundo ainda não ocorreu nada definitivo."

É óbvio que esse "definitivo" dizia respeito a mim. A única coisa definitiva e final com a qual todo ser humano vai topar, mais cedo ou mais tarde, é a morte. Nenhuma novidade nisso. Quis me indignar com essa, digamos assim, intromissão do autor na minha vida pessoal. "Nada de obviedades", pensei. "Saberei eu, o que e quando haverá esse algo definitivo na minha vida.

A segunda parte da mensagem já escondia sutileza ainda mais complexa. Ali, nessa derradeira metade da frase, se ocultava o demônio da malícia "tudo ainda está por vir e sempre estará por vir". Um descaramento a toda prova. Cinismo puro! Nada mais do que cinismo do autor. Provocação. O autor, cujo nome me reservo o direito de preservar, queria dizer com isso que meu ato definitivo, o suicídio, se vocês estão me entendendo, "ainda está por vir". Claro! Claríssimo! Não é preciso nenhum esforço extra para entender que é exatamente isso que ele quis me dizer. Da mesma forma ele poderia ter dito: "Quero ver só, seu fanfarrão! Não aconteceu nada até agora, 'tudo está por vir'". O último fragmento da frase era deboche só: "sempre estará por vir". Isso mesmo! Deboche! Provocação! Como se dissesse "você não é capaz de fazê-lo. Nunca irá fazê-lo. É pura conversa mole", ou seja, seu suicídio "sempre estará por vir".

Sei que demônios infestam esta casa. São vozes, mensagens idiotas como essa escrita em livros. Tudo conspira para criar um clima de terror em volta de mim. Um verdadeiro complô para me levar ao ato final. Agora, até os vizinhos deram de me perseguir. Inventaram não sei lá que métodos sofisticados para lerem o meu próprio pensamento. Fiquei tão atordoado quando me dei conta de que podiam ouvir meus pensamentos mais secretos, que vedei portas e janelas com cera de abelha que trouxe do hospital. Ainda assim, olhei de soslaio da varanda e tive certeza de que a vizinha do lado, que também se encontrava na varanda, dissimulando sua presença com uma suposto rádio de pilha, gravava meus pensamentos. Fechei imediatamente a porta que dá acesso à varanda e vedei-a com o resto da cera de abelha. Depois disso rio prazerosamente. Vocês não vão me pegar! Quase gritei de felicidade.

Resolvi adiar a carta de despedida. Fechei o caderno e saí para a rua. Antes, permaneci 4 horas parado na janela (do lado de dentro, com a vidraça fechada e vedada com cera), contemplando a linha do horizonte. Aquilo de olhar o mar me deu uma sensação de impotência. Olhava o quê? Olhei para o nada durante 4 horas! Durante 4 horas não passou um barco sequer, não havia viv'alma, apenas o horizonte, eterno, infinito. Só depois que minhas pernas adquiriram uma espécie de torpor por causa da imobilidade, é que tomei a decisão de sair. No caminho, uma voz — tenho certeza absoluta de que não era apenas o eco dos meus pensamentos —, uma voz falou nitidamente de dentro da minha cabeça: "Tente o ácido prússico". "Ácido prússico?", perguntei. De onde havia saído essa pérola, digo, esse ácido? Fui além, mais incisivo e insisti: "O que tem a ver ácido prússico?". Imediatamente a voz me respondeu: "A coisa, não se lembra? Você pode se afogar numa banheira de ácido prússico". Ah, então era isso? Agora, já não me bastam meus próprios pensamentos, mas "uma voz" me vem sugerir o método que devo adotar para a minha morte. Não me faltava mais nada. Fiquei de pensar no assunto, mas, antes, tentei me lembrar se já ouvira falar na técnica do ácido prússico. A voz desapareceu como por encanto. Durante a caminhada, de vez em quando, ela interrompia o curso dos meus pensamentos e repetia a lengalenga: "Ácido prússico, ácido prússico". Vocês não estão pensando que permaneci aquelas 4 horas contemplando o mar, à toa. Estava firmemente mergulhado na teoria que estou prestes a desenvolver. Em rápidas pinceladas, ei-la:

Talvez não haja nela nada de original, mas vocês já imaginaram algo mais concreto para explicar a presença de Deus? Eu, que, até há bem pouco tempo, me julgava ateu e até mesmo agnóstico, resolvi, por méritos próprios, explicar o que para muitos parece inexplicável. E, a partir desse raciocínio, pude concluir: Deus existe! E como? Claríssimo, como um rio de luz. Aliás, passa bem próximo dessa ideia. Que poético! Um rio de luz! Às vezes até eu me surpreendo com esses laivos poéticos. Uma maravilha, uma maravilha. Mas, admitamos que Ele seja formado por um feixe de nervos. Um gigantesco, quase infinito, feixe de nervos. Cada criatura viva, ao ser criada, nada mais seria do que um fragmento desse grande feixe, o qual, uma vez destacado do todo, se converteria num indivíduo: planta, inseto, animal ou homem. A criatura assim formada passaria a ter existência própria e sujeita, portanto, às leis da vida: nascer, crescer, reproduzir e morrer. Ao morrer, apenas aqueles que se destacaram excepcionalmente voltariam a se integrar ao feixe de nervos primevo — ou seja: Deus! Os que tivessem a existência medíocre ou inútil tornariam ao nada de tudo. Tal o destino da mediocridade, das criaturas sem imaginação, dos pobres de espírito. Não vão direto ao fogo do inferno, como seria desejável, e muito menos ao céu, como já foi apregoado, vão ao nada, diluem-se no caldeirão do nada, pior do que uma bolha de sabão que levou um piparote e explodiu no ar. Pior, muito pior.

Eu ia por esse caminho e, de quando em vez, meu raciocínio era interrompido pela voz: "B*, o ácido prússico!". Percebi que essa voz se fazia mais presente, principalmente nos momentos em que eu ficava solitário e reflexivo. Já me importunava além da conta e, por isso, resolvi caminhar no meio da multidão, entre as pessoas da rua. Por um momento a voz desapareceu, até que desvendei, atrás de um poste, uma pessoa fazendo caretas na minha direção. Tudo isso me pareceu muito estranho. De início pensei que se tratava de uma brincadeira, algum equívoco. Mas ninguém ao meu lado manifestou a menor reação. De tal sorte que caminhei em direção ao careteador. Foi quando a voz interrompeu: "Não perca seu tempo". Deixei o careteador abandonado à sua própria mímica no exato momento em que ele me acenava com a mão, piscando um olho, convidando-me para aproximar. Para um único dia, vocês hão de concordar comigo, era demais. Saí dali com a cabeça estourando e ainda ouvindo intermitentemente: "Ácido prússico, ácido prússico".

Cheguei em casa exausto. Não sei se de tanto andar, de tanto pensar ou de ouvir a voz. "Não se entregue a derrotismos"; "Você vai liquidar com todos, um por um vão cair a seus pés"; "Seu pensamento é o melhor, sua teoria está perfeita"; "O Deus do mundo é um embuste"; "O seu é o único verdadeiro"; "Deus é mesmo o feixe de nervos que sustenta o universo". Nem mesmo tirei o sapato e desabei sobre a cama. Foi então que tive o mais inadmissível sonho, o mais indescritível pesadelo de todos os meus sessenta e tantos anos de vida.

Sonho. Ia descrever esse sonho interminável, o que para mim seria uma repetição do sofrimento pelo qual passara a noite toda. Depois, meditei um pouco, e me perguntei: "Para que mencionar os sonhos se a realidade é tão mais rica e colorida?" Deixei o sonho de lado, não totalmente convencido de que não o deveria registrar no papel.

Recebi uma visita inesperada. Eu tinha acabado de me levantar da cama, ainda de pijama e chinelos quando a campainha da porta soou. Olhei pelo olho mágico e vi uma senhora muito elegante e já de certa idade. Parecia esperar com impaciência a abertura da porta. Abri-a e ela disse:

— Por acaso é o senhor que costuma deixar o carro estacionado fora de lugar na garagem?

Eu estava prestes a responder qualquer coisa, a me inteirar da situação, saber afinal do que se tratava quando a voz, não sei usando que recursos, veio de dentro de mim e, para meu espanto, impediu-me o pensamento, falando diretamente com a mulher:

— Velha desabusada e malcheirosa! Ponha-se fora daqui!

Eu mal podia acreditar no que estava acontecendo. Está certo que não deixava de ser atrevimento, vir bater à porta do meu apartamento a essas horas, reclamando de algo que não estava nem certa de que fosse eu mesmo o culpado. Concordo com isso, mas, daí a maltratar a pobre mulher dessa maneira vai uma longa distância. E agora, como é que fica? Como posso argumentar com ela que não fui eu quem disse essa barbaridade, se a voz que ela ouviu foi mesmo a minha, a agressão saiu da minha própria boca, embora não fosse eu quem a pronunciasse?

Como fora um episódio isolado, não me preocupei. A mulher saiu esbravejando, entrou no elevador, bateu a porta e sumiu. Pensei comigo mesmo: "Depois a procuro e explico que não fui eu quem disse aquilo". Permaneci algum tempo desconfiado, a imaginar se esse fenômeno não poderia ocorrer outras vezes e que forças eu deveria arrebanhar para tentar brecá-lo no momento preciso. Não demorou muito tempo e compreendi que o mal estava feito e que eu teria poucos recursos para combatê-lo.

Tomei meu banho matinal e saí para ir ao açougue, comprar a asa de uma galinha para fazer uma sopa. O açougueiro é um velho conhecido, e sempre me tratou com muita afabilidade. "Doutor" pra lá, "doutor" pra cá, uma simpatia, o português. Dessa vez, não sei por que cargas d'água, dei de lhe perguntar se a galinha era fresca.

— Fresca, patrão! É coisa finíssima, criada em cativeiro, carne tenra, tenrinha que é uma beleza. Pode levar sem receio.

Eu não ia dizer nada, esbocei um sorriso e apontei para uma pequena asa que me parecia de bom aspecto. Eis que a voz se organizou dentro de mim e, sem que eu tivesse o menor controle, desabafou:

— Portuga de uma figa! Deixe de hipocrisia! Tá pensando que sou idiota? Que vou acreditar nas suas patranhas?

O homem ficou vermelho como um tomate. Esbugalhou os olhos e ergueu a faca na minha direção. Quando dei por mim, já estava no meio da rua, a passos apressados, fugindo daquela estúpida situação.

Cheguei em casa desconsolado. Sem a asa de galinha e amargando culpa pela inimizade eterna do português. Comecei a estabelecer um plano para evitar essas situações constrangedoras. Toda a vez que a voz ameaçasse, eu iria ignorá-la. Um jeito simples era não abrir a boca; cerraria os dentes de tal forma que nem um pé de cabra conseguiria abri-los. Como é que um raciocínio tão elementar como esse não me ocorreu diante da mulher no elevador e do açougueiro!

Saí à rua com o deliberado propósito de testar o novo método. Já no passeio vi uma dama com um cachorrinho amarrado a uma coleira, uma gracinha de animal, uma gracinha a dona do animal. Não gosto de cães, mas, com esse, não havia como não simpatizar. Talvez a dona, elegantemente vestida numa saia curta, deixando à mostra tornozelos belamente torneados, tivesse contribuído para o meu estado de ânimo, talvez a própria docilidade do cão que, para minha surpresa, não latiu em minha direção, fizesse com que eu me transformasse, quase que num passe de mágica, numa criatura subitamente feliz. Alegria e leveza tomaram conta de mim naquele instante. Sem exagero, eu pegaria no colo o cãozinho e sua proprietária. Mas eis que se aproximam a mulher e seu cão. Vocês conhecem minha ojeriza por cães — já lhes falei disso. Também sei que os cães possuem qualquer coisa de humano; o que há de pior no ser humano pode ser entrevisto na personalidade dos cães. Embora eles possam ser fiéis até a morte — e eu não saiba de um único ser humano capaz de fidelidade até a morte —, não os suporto. Mas não aquele, um poodle inglês, acastanhado, com os pelos sedosos lhe caindo elegantemente dos lados do corpo, sendo conduzido por uma bela dona, na qual eu supunha um indisfarçável interesse em se aproximar de mim. É claro que eu me fizera otimista e estava feliz por isso também. Tal era meu estado de humor daquele momento. O cão, como se intuísse minha disposição favorável, aproximou-se de mim com afabilidade; cheirou as solas dos meus sapatos e abanou alegremente o rabo. "É um bom momento para iniciar uma conversa", pensei. Ando muito solitário. Eis que eu me preparava para ser amável, demonstrar simpatia, corresponder então àquela beleza de mulher se aproximando de mim tão casualmente e com um maravilhoso sorriso descortinado no rosto e a voz interveio:

— Minha senhora, não suporto seus modos afetados, e muito menos o seu cãozinho asqueroso!

Não tive tempo para explicar coisa alguma. A mulher vituperou:

— Seu grosseirão! Grosseirão! Vamos, Hermes, deixe esse estúpido de lado.

Fiquei surpreso ao ouvir o nome do cachorro, mas não tive tempo para divagações. Abaixei a cabeça e saí a passos largos. Já a uma boa distância desse último contratempo, a voz ainda sussurrava baixinho: "Cãozinho asqueroso, cãozinho asqueroso".

Essa sucessão de incidentes agiu sobre mim de forma bastante negativa. Era como se tivessem deitado sobre o meu ser uma espécie de manto de chumbo. Eu não conseguia mais sair do meu cubículo. Até mesmo me desinteressei um pouco dos livros. Passei uma semana (ou um mês?) sem dar com a cara na rua. Se antes a voz instigava-me à curiosidade científica, a ponto de eu tentar uma explicação médica e racional para o fenômeno, agora me parecia mesmo que eu estava à beira de um colapso nervoso. Quem sabe eu estaria sendo vítima de algum tipo maléfico de obsessão? E, à medida em que eu mergulhava nesse tipo de pensamento, a voz tornava-se irônica e dizia coisas assim: "Tome um calmante"; "Procure um psiquiatra". Conselhos que até me pareceram sensatos. Confesso que eu não havia pensado nisso. Não porque descreia desses métodos, pois não reluto em utilizá-los nos outros, naqueles clientes em que o endoscópio não podia conseguir coisa alguma. Mas decidi não fazê-lo. Não por ser turrão ou coisa que o valha, mas eu acreditava que conseguiria, por conta própria, colocar em ordem os meus pensamentos.

Passei a tentar algumas formas simples e alternativas para me curar dessas estranhezas. Fiz uma infusão de florais, coloquei-a numa cuia de chimarrão que decorava um canto da estante e beberiquei aquilo tudo como um autêntico gaúcho. Fazia-o ritualmente, segundo um tratado que conseguira pela Internet. Enquanto chupava a infusão, eu lia um livro de medicina vibracional que me fora recomendado no site dos florais. O livro aconselhava-me a virar em direção ao pôr-do-sol, elevar a cuia para o alto numa saudação e dar três baforadas antes de pronunciar uma fórmula mágica. Como eu fazia tudo isso com uma ponta de descrédito, creio que essa desconfiança abriu uma janela para a intromissão da voz, que passou a agir de maneira vingativa. Agredia-me com palavrões e ameaçava dizê-los em público. Foi então que resolvi voltar ao trabalho, na esperança de que "o trabalho é o melhor remédio", convencido de que o ócio é apenas para os filósofos e malucos.

A primeira pessoa que atendi era uma elegante senhora com trânsito livre na mais fina e respeitável sociedade, além de poetisa bissexta. Queixou-se de fortes dores no estômago depois de um desentendimento familiar, cujo resultado fora a sua separação do marido que, aliás, já tinha amante mais ou menos notória, conhecida de toda a gente. Eu estava preparando o endoscópio para examinar o estômago da respeitável senhora quando percebi a voz vinda das profundezas da minha garganta. Tratei logo de cerrar os dentes, adivinhando o que estava por vir. Pura perda de tempo. A voz irrompeu meio esganiçada, espremida, pois eu lutava bravamente na tentativa de manter os dentes cerrados. Esguichou num único jorro:

— Saiba que a senhora é muito burra. Não me surpreende que o seu marido tenha sumido com outra. Casamento com mulher burra tem vida curta.

Só então abri completamente a boca, desta vez para deixá-la totalmente escancarada, quase babando de desespero. Não deu outra. A mulher pegou a bolsa, lançou-me conhecido olhar de ódio e saiu.

— Passe muito bem! Seu doutorzinho de m....!

Daí em diante, perdi completamente a cabeça. Ou levava a sério a ideia do suicídio ou iria acabar ficando louco, e, além disso, cheio de inimigos ferozes.

Foi então que tomei a decisão de pular de algum lugar. Santos é a cidade mais anormal do mundo; totalmente horizontal e excelente para caminhadas que podem durar horas. Experimente pular de algum lugar. Eu não podia mais ver a corda pendurada na varanda; pensava que aquilo me daria uma morte lenta, e eu não suporto sofrimento prolongado. Obviamente pensei em desistir da corda e pular da varanda, mas moro no segundo andar, a queda poderia me fraturar pernas e braços e ainda me deixar de molho numa cama por meses a fio. Por isso fui buscar um local, digamos assim, seguro, onde eu pudesse saltar sem falhas.

Fui a vários lugares da cidade tentando encontrar algo que valesse a pena. Um local propício, de onde eu poderia saltar e ter uma morte decente.

Monte Serrat — o bondinho não funcionava, estava em manutenção. Eu não iria suportar a monotonia da espera, "Duas horas para terminar o conserto", disse o motorneiro. Voei literalmente com o carro rumo à Ponte Pênsil. Pareio na entrada da ponte e fui avaliar — a distância era muito pequena. Na certa eu ia tomar um banho gelado e ficaria só nisso.

Ilha Porchat — esta me pareceu adequada mas, para minha decepção, não havia um único lugar onde se pudesse pular e ter um fim digno. Experimentei jogar uma pedra num local tentador, de onde se podia descortinar toda a vista: a ilha inteira de São Vicente e toda a orla de Santos. Um local perfeito, mas a pedra bateu numa pequena elevação do terreno, situada a menos de meio metro da borda do precipício, rolou e foi estacionar logo adiante. Não há ali declínio abrupto, teria que começar a queda andando os primeiros 15-20 metros e depois saltar. Isso já me tirou todo o encanto e resolvi voltar para casa. "Covarde! Era só andar um pouco e teria todo o abismo à sua disposição!" De repente, como se eu tivesse sido iluminado por um fiapo de bom senso, pensei: "Vou procurar um centro espírita!" Ato contínuo, a voz reagiu: "Não seja idiota! Só vai encontrar gente destrambelhada!"

Pela primeira vez resolvi contra-argumentar. Até então

eu ficara na defensiva, como se a voz existisse e pronto; falasse o que falasse, eu não tinha como impedi-la. Só essa possibilidade de argumentar abriu um mar de esperanças à minha frente. Só então adquiri um pouco de confiança em mim mesmo. Como então? Eu também tinha *voz ativa*? Confesso que me animei como um adolescente. Acumulei toda a coragem ainda existente em meu espírito à beira de uma grave crise e rebati: "Quem te garante que lá só há gente destrambelhada? Conheço inúmeras pessoas respeitáveis e sensatas que frequentam tais lugares."

"Enganação! Enganação! Não passam de embusteiros!"

Não precisei de mais nada. Comecei a desconfiar da segurança da voz.

"Que tal um teste?", perguntei em pensamento à voz.

"Teste? Do que você está falando? Eu lá vou me submeter a algum teste!"

"Por que não?", contra-ataquei. "Você nunca disse a que veio, em contrapartida sabe tudo a meu respeito, acompanha-me como uma doença de pele", exagerei de propósito.

"Uma doença de pele? Mas isso é uma desconsideração! Então tenho mesmo que me identificar? Como pode essa sua cabecinha de cimento não me ter ainda reconhecido? Eu sou você mesmo, seu asno! Ou melhor: sou o que há de pior em você! Pode me chamar de obsessão, diabo, demônio, encarnação, seja lá o que for! No fundo, sou sua autoconsciência, seu espírito crítico, o desafio aos seus passos incertos, à sua covardia, à sua puerilidade. Não venha, portanto, ironizar-me, ou mesmo me desprezar como se eu fosse a carniça rejeitada."

Confesso que esse argumento me tocou. E se ela estivesse falando a verdade? Quantas pessoas, no auge da sua maturidade, têm chance de dialogar consigo mesmas como se fosse com outro? Será que eu estava pondo a perder uma oportunidade ímpar? Conhecer-me dialogicamente, conversar comigo mesmo sem véus, sem autocrítica, tendo ao meu lado eu mesmo, um eu exaltado, inflamado, quase nunca dissimulador, fazendo-me ver os momentos mais críticos com a visão fria de uma laje, falar das minhas paixões sem nenhuma paixão. Revolver meus traumas, minhas lembranças mais íntimas sem constrangimento. Será que eu tivera tal privilégio e, estupidamente, punha tudo a perder?

"Digo-lhe, de uma vez por todas, ou você limita sua estupidez, ou me retiro definitivamente!"

Eis a questão com que fui aquinhoado, e agora?

Por via das dúvidas, resolvi manter minha decisão. Fui procurar um centro espírita. Entrei num que procurei a dedo, perto do canal 1. Um local desolado; duvido que encontrasse ali pessoas conhecidas. Em todo caso fui entrando de cabeça baixa, procurando ser o mais discreto possível e a voz martelando no meu ouvido: "Seu perfeito idiota, aqui só tem gente destrambelhada".

Na entrada, um velhinho risonho e bondoso pegou gentilmente na minha mão e conduziu-me a um recinto onde havia mais três pessoas sentadas, ao que tudo indica, na mais profunda meditação. Só então o homem falou: "Meu filho, você terá todo o nosso apoio, não hesite em solicitar a ajuda dos irmãos. Estamos aqui para servi-lo."

Eu estava verdadeiramente comovido com tamanha

bondade. O local era acolhedor, luzes diáfanas, música ambiente — acho que identifiquei uma sonata de Liszt, mas não tenho certeza. Eu já ia agradecer a gentileza quando a voz desabafou, dirigindo-se ao simpático velhinho:

"Cavalheiro, o senhor acaba de cometer uma indelicadeza em público. Deveria ter vergonha na cara e procurar um banheiro para as suas necessidades".

Não é preciso dizer a cara de espanto e desespero que apresentei. Pela primeira vez, tive uma espécie de revolta. Cheguei a cerrar o punho em direção à minha garganta, como se quisesse silenciá-la, estrangulando-a. Fui contido pelo gesto firme e generoso daquele irmão. Ele abriu um sorriso franco e colocou a mão sobre a minha cabeça. Nesse momento a voz perdeu completamente a estribeira. Começou a falar palavras de tão baixo calão que me recuso a reproduzi-las aqui. Não tive recursos. Levantei-me de supetão e saí correndo. Não tenho a mínima ideia se tentaram me conter. Na certa não conseguiriam. Não olhei para trás. Corri até ter certeza de que estava fora de alcance.

Último dia. Última página.

Meia-noite. Meditei o dia inteiro, até agora, sobre os últimos acontecimentos. Todo homem tem um limite. O meu é este. Atingi-o e, portanto, cheguei até aonde as minhas forças puderam me conduzir. Tudo isso não passa de filosofia barata. Quero apenas dizer que cheguei ao final. Ao fim do túnel, só que aqui não há luz nenhuma. Não há esperança nesse caminho. Não conheço o caminho da esperança. E o que é a esperança? Sei que não acredito em nada disso. E sei que pode não ser eu que fala por mim. Mas permitam-me ir direto à estória, ao final dela. Paro a lengalenga e conto o que me aconteceu, o triste e insuspeitável fim.

A voz não me abandonou um só instante depois do incidente no centro espírita. Quando quis buscar ajuda fui abandonado, ou melhor, afugentado. Todas as tentativas resultaram em nada. No final, implorei, de dentro da minha incomensurável descrença, ajuda a Deus, ao Deus de meus pais, ao Deus de Abraão e de todos os santos meus contemporâneos. Em resposta obtive: "Eu o salvarei, mesmo que o teu Deus não o faça." A voz. Sempre a voz. Agora me fala assim: solene como um velho profeta. Fui até à janela e contemplei a escuridão do mar. Vi, ao longe, o que me pareceram as luzes de um enorme navio. "Desça e vá até o mar", a voz ordenou. "São os olhos de Leviatã*. É com ele que você vai lutar o bom combate. Desça, vá até o mar."De tal forma esses apelos se tornaram insuportáveis que resolvi sair do apartamento e andar um pouco na areia.

"Leviatã é o bom combate. Leviatã é o bom combate."

---

* O Leviatã é uma criatura mitológica, de grandes proporções, comum no imaginário dos navegantes europeus da Idade Moderna. Há referências, contudo, ao longo de toda a História, sendo um caso recente o do Monstro do Lago Ness. O Livro de Jó, capítulos 40 e 41, descreve-o como o maior e mais poderoso monstro aquático. *Leviatã* também é o livro do cientísta político e jusnaturalista inglês Thomas Hobbes (1588-1679), escrito e publicado em 1651, e intitulado em referência ao Leviatã bíblico. Em sua obra, Hobbes afirma que a "guerra de todos contra todos" (*Bellum omnium contra omnes*), que caracteriza o então "estado de natureza", só poderia ser superada por um governo central e autoritário, que atuaria como uma espécie de monstro – o Leviatã – e que, concentrando todo o poder em torno de si, ordenaria todas as decisões da sociedade. (N. do E.)

O navio começava a se movimentar em direção à barra. "Entre no mar", dizia a voz. "Entre no mar. Entre no mar."

Neste momento, tive uma inspiração. Havia encontrado a forma correta de me matar. Como não havia pensado nisso antes?! Iria me afogar, lenta, discreta e poeticamente no mar, até ser apanhado pelas garras de Leviatã, que eu já podia divisar a três centenas de metros da praia. "Vá! Não tenha medo!" Ainda dei uma última olhada na areia à procura de algumas pedras que eu pudesse colocar nos bolsos, mas a praia estava limpa, com exceção de uma lata de cerveja e um caco de garrafa semi-atolado, não vi mais nada. Decidi que iria afundar com meus próprios recursos. Eu já estava com a água me cobrindo a cintura, quando a voz, entusiasmadíssima, quase gritou: "Parabéns! Parabéns! Você vai conseguir!" Confesso que essas últimas palavras de incentivo deram-me a coragem e a serenidade de que eu precisava. Andei mais um pouco, sentindo o peso das roupas encharcadas grudadas no corpo. Abaixei as mãos e consegui desatar o sapato do pé direito. Veio uma onda e me levantou, desisti do sapato esquerdo e comecei a nadar na escuridão. "Vá em frente! Mais rápido! Leviatã se aproxima! É sua grande chance!" Eu já estava agora tomado daquela paz de espírito de que falam os iluminados. Nadava freneticamente para o alto mar. À minha frente crescia a imensa barriga de Leviatã, enquanto dos seus olhos saíam chamas gigantescas. Nadei, nadei, nadei, até perder completamente as forças e a consciência. "Parabéns..." — foi a última coisa que ouvi, antes de desfalecer completamente.

Adendo final.

Perdi a consciência e mergulhei num vácuo onde a memória e os desejos desapareceram. Acordei, não sei quanto tempo depois, com uma luz diáfana sobre a minha cabeça. Minhas mãos e pés estavam imobilizados, presos a uma espécie de grade. Não tive dúvidas de que se tratava do ventre de uma baleia. Alguém me chamava pelo nome: "Jonas! Jonas! Você conseguiu!" De repente, senti uma picada no braço esquerdo e tudo se tornou escuro outra vez.

De tempos em tempos acordo, sentindo algas enroladas na minha cabeça e os tentáculos de um polvo me contendo pés e mãos. Um homem se aproxima e pergunta o meu nome. Permaneço calado, mas a voz responde por mim: "Jonas! Jonas!" Ele me aplica um torniquete e adormeço. Não sei quanto tempo ainda hei de permanecer no ventre de Leviatã.

Esta obra foi impressa pela Gráfica EME, Av. Brig. Faria Lima, 1080, V. Fátima, cidade de Capivari, Estado de São Paulo, Brasil, para a Associação Cultural Letra*S*elvagem, em maio de 2025.